目次

クロエ・ドール　戸森《ともり》しるこ　5

パワーストーン　おおぎやなぎちか　39

『ダレカ』をさがす冒《ぼう》険《けん》
赤羽《あかはね》じゅんこ
18

図《と》書《しょ》館《かん》と昆《こん》虫《ちゅう》の森《もり》
池《いけ》田《だ》ゆみる
121

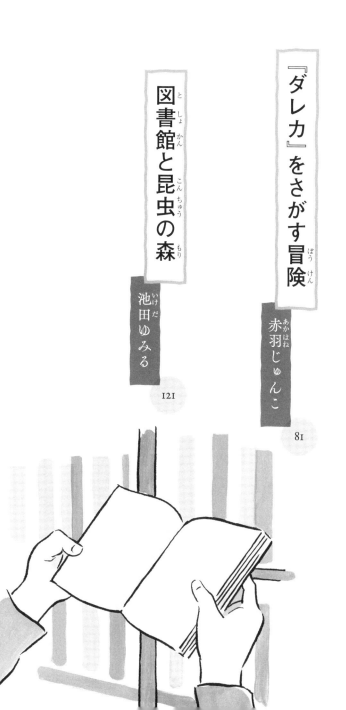

絵　吉田尚令

装幀　大岡喜直（next door design）

クロエ・ドール

戸《と》森《もり》しるこ

一

同じクラスに、貝原広湖《かいはらひろこ》さんという女子がいる。

貝原《かいはら》さんは声がすごく小さい。

それに、授業中《じゅぎょうちゅう》に先生から指名されるとき以外は、教室でほとんどしゃべらない。

貝原《かいはら》さんは、教室でいつもひとりでいた。いじめられているのとはちがう。ひとりが好きなのかもしれなかった。別の次元を生きているような、ふしぎな感じの子なのだ。勉強はよくできるらしかった。先生からの質問《しつもん》には、ちゃんと答えられた。

きれいな子だ。女子のことはよくわからないぼくにも、きれいなことがはっきりとわかるくらいに、きれいだ。

目が大きくて、まつげが長く、髪《かみ》の毛もやたら長く、肌《はだ》の色が透《す》けるように白い。ひょろりとやせていて、腕《うで》と足がすらりと長く、ちょっと不自然なくらいに姿勢《しせい》がよくて、身長はクラスの女子でいちばん高かった。

でも、笑わなかった。

声をあげて笑うことはもちろん、ほほえむこともしない。みんなが声をあげて笑い出してしまうくらいに、クラスでおかしなことがあっても、貝原《かいはら》さんだけは、しずかに席に座《すわ》って、無《む》表情《ひょうじょう》のまま、クラスのざわめきを、じっと受け入れている。

ほんとうにふしぎな子だった。

でも、クラスのだれも、その「ふしぎさ」に近づこうとしていかないことが、ぼくにはさらにふしぎだった。

貝原《かいはら》さんは、まるでクラスでいないようにあつかわれている。ふつうはそれをいじめと呼《よ》ぶけど、貝原《かいはら》さんの場合はそういうことではなくて、貝原《かいはら》さんが空間にうまくとけこんでいるような感じがする。

存在《そんざい》が浮《う》いているのにとけこんでいるって、すごく変なのだ。うまく言葉で説明できないけれど、そのあたりのことが、ぼくにはとても気になった。

そして、中でも最大級にふしぎなことは、貝原《かいはら》さんがいつも人形をひざにのせていることだろう。

持ち物につけるような、小さなサイズの人形ではないんだ。背《せ》の高さが二十センチほどもある、学校に持ってくるには明らかに不自然な人形。

さらにふしぎなことに、クラスのだれも、先生でさえ、その人形の存在《そんざい》を無視《むし》していた。あのサイズの人形を、先生が注意しないのは、ちょっとおかしい。なにか事情《じじょう》があるのかもしれなかった。それに、

「貝原《かいはら》さんのあの人形っていったい……」

といううわさ話を、ぼくはきいたことがない。五年になってぼくがこの学校に転校してきてから、ただの一度もないのだ。

だれもが、ぼくと同じように思っているのかもしれなかった。でも、そのことを口に出してはいけないような、みょうな圧力《あつりょく》がある。すごく変だ。

なにかの魔法《まほう》……？　ぼくはちょっとだけ、そう信じかけていた。

その人形は洋風の人形で、頭のサイズが全体の三分の一くらいあった。三頭身だ。目が大きく、まつげが長く、髪《かみ》が長く、色白で……。

そう、貝原《かいはら》さん本人と、雰囲気《ふんいき》がどことなく似《に》ているのだった。

……いや、貝原《かいはら》さんのほうが、人形に似《に》ているのか？　ん……？

と、このように、貝原《かいはら》さんのことは、考えれば考えるほどに、よくわからない。

その人形が貝原《かいはら》さんとひとつだけちがうのは、いつでもほほえんでいることだ。いつでも無表情《むひょうじょう》の貝原《かいはら》さんと、いつでも笑顔のその人形。貝原《かいはら》さんは、体育のとき以外は、いつもその人形といっしょだった。

貝原《かいはら》さんは、学校に来るとき、その人形を手さげに入れているみたいだった。移《い》動教室《どうきょうしつ》のときは、手に持って、いっしょに移動《いどう》している。

ときどき、体育館での全校集会のときなんか、貝原《かいはら》さんが低学年の子とすれちがったりすると、その子たちがふしぎそうに振《ふ》り返《かえ》ることがある。

どうして学校にお人形持ってきているんだろう。

そういう空気が流れる。

それで、かろうじてぼくは、やっぱりおかしいよな……と、現実《げんじつ》に引きもどされるのだった。

二

ぼくはその日の放課後、委員会の居残《いのこ》りで帰るのが遅《おそ》くなった。

ぼくは栽培委員《さいばいいいん》だ。正門付近の大きな花壇《かだん》の水やりと、裏庭《うらにわ》の畑の見まわりを担《たん》当《とう》している。クラスでは、植物系男子《しょくぶつけいだんし》ということになっている。なんなんだそれは。

五年三組の教室に荷物を取りにもどり、また出ようとしたとき。

「うわっ、びっくりした」

ぼくがおどろいて声をあげたのは、もうだれもいないと思っていた教室の、廊下《ろうか》側《がわ》のいちばん後ろの席に、貝原《かいはら》さんが座《すわ》っていたからだ。前のドアから教室に入ったときは、死角になっていて気がつかなかった。たしかにそこは貝原《かいはら》さんの席だった。

「あ、いたんだ、貝原《かいはら》さん。えっと、バイバイ」

声をかけておいて、いきなりバイバイはまずかったかもしれない。まぁ、ほかに話すこともないんだし、いいか。

「バイバイ」

貝原《かいはら》さんが細い声で答えた。そのとき、違和感《いわかん》があった。

ぼくは貝原《かいはら》さんの顔を見た。

そして、違和感《いわかん》の正体に気がついた。

貝原《かいはら》さんが笑っているのだった。

「あれっ」

ぼくは思わず声をあげたけど、貝原《かいはら》さん、きみ、笑っているね、なんていうのは、ちょっとどうかと思ったので、言葉につまった。

それと、もうひとつ、いつもとちがう部分があった。

人形だ。

いつもひざにのせている人形が、机《つくえ》の上に座《すわ》っていた。人形はひとりでちゃんと座《すわ》って、貝原《かいはら》さんのほうを向いている。ふたりは、……この場合「ふたり」と表現《ひょうげん》していいのかどうか疑問《ぎもん》だけど、とにかく、人形と貝原《かいはら》さんは向き合っていた。

「どうしたの?」

貝原《かいはら》さんにきかれてしまったので、ぼくは、

「なんでもない。じゃあね」

と、答えるほかなかった。

まるで、ぼくが教室に入るまで、ふたりで楽しくおしゃべりしていました、というような雰囲気《ふんいき》だった。

そして、貝原《かいはら》さんは笑っていると、ほんとうにかわいいなと思った。無表情《むひょうじょう》のときは、少しきつい感じがして、なんだかこわいのだった。

教室を出るまぎわ、もう一度貝原《かいはら》さんのほうを見たぼくは、ぎょっとした。

（あれっ……？）

貝原《かいはら》さんと向き合っていたはずの人形が、いつのまにかぼくのほうを見ていたからだ。

貝原《かいはら》さんが動かした……？　でも、なんのために？

立ち止まったぼくを見て、貝原《かいはら》さんは首をかしげた。

「帰らないの？」

「か、帰るけど」

声が上ずってしまった。

貝原《かいはら》さんも人形も感じよく笑っている。それはそれでこわくなってきて、ぼくは逃《に》げるように教室から走り出たのだった。


その日の夕食のとき、おとうさんが残業でいなかったので、ぼくはおかあさんに貝原《かいはら》さんのことを話してみた。

おとうさんがいるときに、クラスの女子のことを話すのが、ぼくはちょっといやだ。「かわいいのか?」とかいって、ひやかしてくるからだ。お酒が入っていると、気分がよくなって、いつもそういうことをいうんだ。

気分がよくなるのはけっこうだけど、まわりの人間の気分を悪くしないでもらいたい。そして、この場合、貝原《かいはら》さんが実際《じっさい》にかわいいので、よけいに困《こま》る。

貝原《かいはら》さんのことを、おかあさんはよく知らなかった。もちろん、人形の話もはじめてきいたみたいだった。

「ふぅん、なんだかふしぎね」

「そうだよね。みんな、人形なんていないみたいにふるまってるんだ」

おかあさんはしょうが焼《や》きを食べながら、まるでぼくをおどすように、

「その人形、広地《りく》にしか見えてないってことはない？」

なんていうから、鳥肌《とりはだ》がたった。

「やめい！　こわいわ」

「アハハ」

こわがったぼくを見て、おかあさんは笑った。

「まるで『りかさん』みたい」

「りかさん？」

「そういう小説があるの。市松人形《いちまつにんぎょう》のりかさんと、小学生の女の子の話」

「市松人形《いちまつにんぎょう》？」

「おかっぱ頭で着物を着た、むかしからある日本の人形よ」

ああ、わかった、あれのことか。あれって市松人形《いちまつにんぎょう》っていうのか。ぼくはぼん

やり思いうかべた。ちょっとこわかった。髪《かみ》がひとりでにのびるみたいな、怪談《かいだん》があったはずだ。

「貝原《かいはら》さんのは、市松人形《いちまつにんぎょう》じゃないよ。腰《こし》にベルトのついた茶色いコートを着てて、ベレー帽《ぼう》をかぶってるんだ。洋風の人形だよ」

もし貝原《かいはら》さんが市松人形《いちまつにんぎょう》を持っていたとしたら、クラスでの違和感《いわかん》は今以上だったと思う。

おかあさんは読書が好きなので、おかあさんたちの寝室《しんしつ》の本棚《ほんだな》には、本がたくさんある。ぼくは、その小説が小学生の話だというのが、気になった。

「それ、ぼくでも読める本？」

おかあさんはちょっとびっくりしたようだった。ぼくはふだん、本をあまり読まないから。

「そうね。主人公が大人になってからの物語もあるけど、広地《りく》には『りかさん』のほうが読みやすいかな。明日学校休みだし、読んでみる？」

ぼくは『りかさん』を読むことになった。

三

りかさんは、主人公のようこが、おばあちゃんからもらった、市松人形《いちまつにんぎょう》の名前だ。はじめ、「りかちゃん」と呼《よ》んでいたようこに、りかさん本人が、

「りかさん、と呼《よ》んでくださらない？」

とたのんだ。ぼくはこの場面が気に入った。人形にも、呼《よ》ばれたい名前と、そうでない名前があるのだ。貝原《かいはら》さんの人形は、なんという名前なのだろう。

りかさんは、ようこと話せる。

だれとでも話せるというわけではない。たとえば、ようこのおかあさんとは話せない。いっしょに食事をしたり、いっしょに寝《ね》たり、まるで人の子どものように接《せっ》しつづけて七日たったときに、りかさんの言葉を、ようこが自然と理解《りかい》しはじめたのだった。

また、りかさんの以前の持ち主である、ようこのおばあちゃんも、りかさんとふつうに話すことができる。そのことが、ぼくにはなにか奇妙《きみょう》だった。奇妙《きみょう》で、なぜ

か、ほっとした。ふしぎなことを、自然と受け入れている大人がいるということに。

ぼくは読み進める。

その物語には、ぼくには難《むずか》しい表現《ひょうげん》が多かった。

たとえば、「にぎにぎしい」とはなんだろう。おかあさんにきくと、おかあさんもよくわかっていなかった。

「たぶん、にぎやかってことだと思うけど、念のため辞書で調べて。もしちがったら、おかあさんにも教えて」

調べたら、「大変にぎやかであること」と出た。

これと同じやりとりを三回くりかえしたので、もうおかあさんを経由《けいゆ》するのはやめて、ぼくは辞書をたよりにすることにした。


ようこは、りかさんといっしょに生活するうちに、いろいろな人形たちの声がきこえるようになり、ふしぎな経験《けいけん》をする。

ようこ自身が、それをあまりふしぎだとは思っていないように見えるところが、ぼくにはふしぎだった。

それとも、逆《ぎゃく》だろうか。

ふしぎをふしぎと認識《にんしき》できているからこそ、そういう経験《けいけん》ができるのかもしれなかった。つまり、まわりの人たちは、ふしぎに気がつくことさえできていないということだ。

クラスのみんなが貝原《かいはら》さんを受け入れているところに、これは少し似《に》ている。

物語に登場する人形たちには、人と同じように、深い事情《じじょう》があるのだった。物語の後半は、ぼくの胸《むね》が苦しくなるくらい、壮絶《そうぜつ》な体験をした人形の話だった。


一日かけて物語を読み終えたぼくは、この本を貝原《かいはら》さんが読んだら、どういう感想を持つだろうと、気になった。もしかしたら、貝原《かいはら》さんも、ようこのように人形の世界を感じることのできる人なのかもしれない。

「よし」

ぼくはそう声に出して、自分のノートを一枚《いちまい》やぶると、それをハサミで長方形に

切り取った。そして、

この本を読んでみたまえ

と、筆ペンで書いた。そういう古めかしい書き方が、この物語に合っているように思った。

ただし、「たまえ」という言葉の使い方が合っているかどうか不安になり、また辞書にお世話になる。「たまえ」は「給え」と書くのが正しいことが判明《はんめい》したので、そう書き直すことにした。「この本を読んでみ給え」。そのほうが、それっぽい。

ぼくはそれを栞《しおり》にして、本にはさんだ。

翌日《よくじつ》、ぼくはだれより早く教室に行くと、貝原《かいはら》さんの机《つくえ》の上に、こっそり『りかさん』をおいておいた。

貝原《かいはら》さんが教室に来たとき、ぼくの心臓《しんぞう》はかなりドキドキしていた。

こんなことをするのはだれ？　ってさわぎになったらどうしよう。でも、なんとなく、貝原《かいはら》さんはそうしないような気がした。

はなれたところから、なにげなく様子を見ていると、貝原《かいはら》さんは、その本を手に取ってじっと見たあと、ページをパラパラとめくり、そして、あるページで手が止まった。たぶん、栞《しおり》に気がついたのだ。

あまりにドキドキして見ていられなくなったので、ぼくは体の向きを変え、貝原《かいはら》さんが視界《しかい》に入らないようにした。でもやっぱり気になって、一分くらいしてから、もう一度さりげなく貝原《かいはら》さんを見た。

（あっ）

ぼくは心の中で声をあげた。本を手に持ったまま、貝原《かいはら》さんはぼくのほうを見ていた。あやうく目が合いかけた。

でも、そのときいいタイミングで、

「広地《りく》！　パイナップリリンの最新動画見た？」

友だちの悠人《はると》に話しかけられた。はやりのお笑い動画の話だ。

話している途中《とちゅう》でちらっと確認《かくにん》すると、すでに貝原《かいはら》さんはぼくのほうを見ていなかったし、『りかさん』もなくなっていた。

どうやら、引き出しか、かばんの中に入れてくれたようだった。

作戦成功だ。


その日、ぼくは悠人《はると》といっしょに帰った。悠人《はると》とは家が近くて、ぼくが転校してきたときからよくいっしょに帰っている。

「なぁ、貝原《かいはら》さんってどう思う?」

思いきってぼくがきくと、悠人《はると》は、にやっと笑って、

「おまえのいいたいことはわかるぞ」

と、大きくうなずいた。いや、絶対《ぜったい》わかってないね。

「貝原《かいはら》さんは、かわいいよなぁ」

「いや、そういう話じゃなくてさ」

やっぱりわかってなかったな、と、ぼくは思った。

ぼくはなんとか人形の話題にもっていきたい。

「あの人形だよ」

「人形？」

「だから、貝原《かいはら》さんがいつもひざにのせてるだろ」

「ああ」

なんだそんなことか、という調子で、悠人《はると》はうなずいた。

「それがなに？」

悠人《はると》はふしぎそうにぼくを見ている。

ぼくはそんな悠人《はると》をふしぎそうに見返してしまう。なんだ、この、会話がかみあわない感じ。

「だから……」

だから、なんだろう。どういっていいか、わからない。

人形持ってるなんて、変じゃないか？

そんなふうにいったら、ただの悪口になるしなぁ。

「えっと、あの人形、貝原《かいはら》さんに似《に》てないか？」

　すると、悠人《はると》はどこかほっとしたような表情《ひょうじょう》で、

「おう、似《に》てるよな」

と答えた。似《に》てるよな、じゃねぇよ。と、心の中でつっこみながら、それ以上、ぼくもなにもいえないのだった。

　悠人《はると》はふだん、こんなふうに、あいまいな話し方をするやつじゃない。なにかの力が加わって、会話が成立しなかった。きっと、何度やってみても同じことになるんだろう。

　ためしにもう一度、

「貝原《かいはら》さんてさ」

と、話題を振《ふ》ろうとしたら、それと同時に悠人《はると》が大きなくしゃみをし、ぼくの言葉はなかったことにされてしまったのだった。

四

その日の夜、ぼくはふしぎな夢《ゆめ》をみた。

貝原《かいはら》さんの人形の夢《ゆめ》だ。

学校の教室で、ちょうどあの日の放課後のように、ぼくは貝原《かいはら》さんの席に座《すわ》り、机《つくえ》の上に人形をおいて、向かい合っている。

しずかな教室だった。窓《まど》から明るい光が差しこんでいるので、早朝という雰囲気《ふんいき》だった。

ぼくは人形に話しかけられた。

―あなたでしょ、あの本をおいたの。

ぼくはうなずく。たしかにそれは、ようこが感じたように、「耳からきこえるというより眉間《みけん》のあたりから入り、頭の中で響《ひび》く」ような声だった。

「きみもしゃべれるんだね。そうじゃないかと思ったんだ」

ぼくはそんなことを口走っていた。

「どうしてぼくだとわかったの？」

――広湖《ひろこ》ちゃんによると、あなたの書く「読」という漢字は、とても特徴的《とくちょうてき》なのだそうよ。

「ははぁ」

しまった。そういえば先週の国語の授業のときに、黒板に書いた「読」の字が別の漢字に見えてよくないと、先生に注意されたばかりだ。

人形は、にやっと笑った。いや、いつも笑っているのだけど、いつもよりも笑ったように見えた。

――わざとわかるように書いたのでしょ？

断《だん》じてちがうぞ。いい返そうとしたものの、そういわれるとそうだったかもしれないという気がしてくる。

ぼくは、物語の中で、ようこがおばあちゃんから、「質《たち》の悪くない人形なら、きかれたら名のるよ」といわれたことを思い出した。逆《ぎゃく》にいえば、質《たち》の悪い人形なら、名のらないことになる。

「きみの名前は？」

―クロエよ。貝原《かいはら》クロエ。

「ふぅん。かっこいいね」

同じクラスに黒江《くろえ》さんという女子がいるので、一瞬《いっしゅん》その子のことを思《おも》いうかべた。貝原《かいはら》クロエ、トップモデルみたいな名前だ。

「クロエさん、と呼《よ》んだほうがいいの？」

「クロエでけっこう」

クロエにも好みの呼《よ》ばれ方《かた》があるらしい。クロエさんと呼《よ》んでしまうと、黒江《くろえ》さんと呼《よ》んでいるようでまぎらわしいので、これはぼくにとってもちょうどよかった。

クロエは上目づかいでぼくにいった。

―広湖《ひろこ》ちゃんはあの本を気に入った。よかったら、ゆずってもらえないかしら。

「えっ、もう読んだの？」

―ええ。夜中まで読んでいたみたい。

「あれはおかあさんの本なんだよ」

でもたしかに、貝原《かいはら》さんから返してもらうとき、どうすればいいんだろう。そこまで考えていなかった。でも、貝原《かいはら》さんがそんなに気に入ったというなら、あげてしまいたいような気もする。おかあさんにたのんでみようか。

「でも、わかった、なんとかする」

ぼくはそう答えた。

「ねぇ、なぜきみはいつも貝原《かいはら》さんといっしょにいるの？」

そうきくと、クロエは少しだまってから、ゆっくりと答えた。

—本の中に書いてあったでしょう。人形のほんとうの使命はなんなのかって。

ぼくはすぐに理解《りかい》した。あの物語の中で、ぼくがいちばん印象的だったところだ。

人形のほんとうの使命《しめい》は生きている人間の、強すぎる気持ちをとんどん整理してあげることにある。木々の葉っぱが夜の空気を露《つゆ》にかえすようにね。

おばあちゃんが、ようこにそう伝える場面があった。

それを読んで、ぼくは貝原《かいはら》さんにこの物語を知らせたいと思ったんだ。

貝原《かいはら》さんの中にも、もしかしたら、「強すぎる気持ち」みたいなものがあって、それで人形を必要としているのではないかと思ったから。それは、貝原《かいはら》さんが笑顔を見せないことと、なにか関係がありそうな気がした。

ようこのおばあちゃんによれば、激《はげ》しい気持ちは、濁《にご》っていくのだそうだ。濁《にご》った部分をかわりに吸《す》い取《と》った人形は、人に悪い影響《えいきょう》を与《あた》えることがある。ぼくはそれが心配だった。

でも、クロエを見ていると、そういうことはなさそうに思える。

「悪さをしたりとか、きみはそういうんじゃないよね」

ぼくがおそるおそる確認《かくにん》すると、クロエはにっこり笑った。

――悪さなんてしないわ。少しだけお手伝いはしているけど。

「お手伝い？」

――そう。わたしが広湖《ひろこ》ちゃんの近くに無理なくいられるように、上手に世界にとけこんでいるの。

ああ、クラスの子たちが、不自然なくらいにクロエに気がつかないのは、そのせいなんだ。クロエのことについて、悠人《はると》と深く話せなかったのも、きっとそう。

「でも、ぼくにはとけこんでいるようには見えなかった。ぼくにはそれが効《き》かなかったってこと？　どうしてだろう」

――どうしてかしらぁ。

クロエは、からかうようにいうのだった。クロエのその態度《たいど》に、ぼくはカチンときてしまった。なにがいいたいんだ。

ぼくがだまったのを見て、クロエはぼくに悪かったと思ったのかもしれない。いきなりこんなことを話し出した。

――むかしむかし、森の中の大きな湖のほとりで、両親とはぐれてひとりぼっちになってしまった女の子がいました。女の子はまだ幼《おさな》く、うまく話すことはできませんでしたが、髪《かみ》の長い人形を持たされていました。そのときから、ふたりは片時《かたとき》もはなれず、おたがいを大切に思いながら生きています。

そのむかし話をきいたとたん、ぼくの目の奥《おく》に、その森と湖と、小さな女の子とクロエの姿《すがた》が映《うつ》った。単にぼくが想像《そうぞう》しているのかもしれないけど、行ったことのない場所なのに、あまりにもリアルに思いうかべることができたので、もしかしたらクロエがぼくに見せているのかもしれないと思った。

その女の子は、どう見てもサイズの合っていない、素《そ》っ気《け》ない黒いシャツを着せられていた。下にはなにもはいていないかもしれない。よたよたと歩きながら、自分とほとんど大きさのちがわないクロエを、必死に抱《だ》きしめている。

「……いなくなった両親はどうなったの？」

クロエから答えは返ってこなかった。きいてはいけなかったのかもしれない。貝《かい》原《はら》さんの名前は広湖《ひろこ》だ。

人には人の、人形には人形の過去《かこ》があり、それぞれに事情《じじょう》がある。ぼくは『りかさん』の中に出てきた、さまざまな人形たちの物語を思いうかべた。

—自分の本は、なかなか買ってもらえないの。図書室も図書館もあるから。

ぼくはふと思い出した。この学校の近くに、事情《じじょう》があって自分の家で生活できな

くなった子どもたちのための施設《しせつ》がある。この学校には、そこから通ってきている子がたくさんいるらしいのだ。でも、だれがそうなのかは、転校してきたばかりのぼくは、はっきりと知らなかった。

「それで、あの本がほしいのか……」

―広湖《ひろこ》ちゃんがほしいっていったわけじゃないのよ。ただ……。

そのとき、クロエの言葉をさえぎって、いかにもこの場に不似合《ふにあ》いな、はやりのお笑いソングが大音量で鳴《な》り響《ひび》きはじめた。

もちろん校内放送ではなく、目覚ましのアラームだ。ぼくの部屋が、現実《げんじつ》が、ぼくを呼《よ》んでいる。これまでの経験上《けいけんじょう》、これが夢《ゆめ》だと考えはじめた時点で、もうだめだ。もどらなくてはいけない。

「本、おかあさんにきいておくから！」

目が覚める直前に、ぼくはクロエにそう叫《さけ》んだ。

そして気がついたときには、ぼくは自分の部屋の自分のベッドの中で、天井《てんじょう》を見上げていたのだった。

五

あまりに鮮烈《せんれつ》な夢《ゆめ》で、はたしてどちらが現実《げんじつ》なのか、いつも以上にぼくは混乱《こんらん》した。

いつもはしょうゆをかけるところなのに、目玉焼きにソースをかけてしまい、おかあさんに、

「寝《ね》ぼけてるの？」

と指摘《してき》された。そのとおりだ。

ぼんやりしたまま朝食をとっていると、おかあさんのほうからきかれた。

「そういえば広地《りく》、『りかさん』は読み終えたの？」

「ああ、うん」

クロエとの約束を思い出さないわけにはいかなかった。ぼくはゴクリとおかずを飲みこんだ。

「……でもごめん、あの本、学校でなくしちゃったんだ」

「ええー？　おかあさんの好きな本だったのに。ちゃんとさがしたの？」

「うん……、ごめんなさい」

貝原《かいはら》さんにあげることにしたというのは、なんだかいいにくかった。うそをついてしまった。

おかあさんが本気でがっかりしたみたいだったので、申《もう》し訳《わけ》なくなって、

「ぼくのおこづかいで買って返すよ」

といったら、そこまでしなくていいと逆《ぎゃく》におどろかれた。そしてあやしまれた。ばれるのは時間の問題かもしれない。

その日、教室に行くと、ぼくの机《つくえ》の上に、見たことのないピンク色の表紙の絵本がおいてあった。

タイトルは『ありがとうのえほん』。

学校の図書室の本だった。めくってみると、ぼくの作った栞《しおり》がはさまっている。

貝原《かいはら》さんはいつものように、自分の席でクロエをひざにのせ、しずかにすごして

いる。そのふしぎさに、だれも気がつかない。ぼくのほかはだれも。

ぼくの「読」の字がわかりやすいというだけの話かもしれない。

でも、あるいは……。

昼休みに廊下《ろうか》で貝原《かいはら》さんとすれちがったとき、ぼくは小声で声をかけた。

「あげる」

振《ふ》り返《かえ》った彼女《かのじょ》は、あの日と同じようにほほえんでいた。

ふしぎなことなんてなにもない。そう、いいたげな顔で。

この物語に登場する本

『りかさん』　梨木香歩作　偕成社
『ありがとうのえほん』
フランソワーズ・セニョーボ作　なかがわちひろ訳　偕成社

パワーストーン

おおぎやなぎちか

あたしには、八歳《さい》のときまで、お姉ちゃんがいた。

ママの妹が同じ家に住んでいて、あたしは叔母《おば》であるその人を、「お姉ちゃん」と呼《よ》んでいたのだ。

お姉ちゃんは、ママが中学生のときに生まれたのだという。そして、あたしは、お姉ちゃんが十歳《さい》のときに生まれた。

十歳《さい》のお姉ちゃんは、赤ちゃんだったあたしのおむつを替《か》え、ミルクを飲ませてくれた。

っていうのは、記憶《きおく》にはない。写真はあるけどね。

中学生のお姉ちゃんは、絵本を読んでくれて、いっしょに留守番《るすばん》もした。

これは、少し覚えている。

高校生のお姉ちゃんは、アニソンが好きで、すごく上手だった。あたしも、いっしょにおどりながら、歌った。

これは、もちろん覚えている。最高に楽しかった。

姉妹がいる友だちはたくさんいたけど、あたしのように「大きな」お姉ちゃんがいる子はいなかった。自慢《じまん》だった。

大好きだった。

でも、お姉ちゃんは高校卒業と同時に家を出ていってしまった。アパレルショップの店員になって、ひとりぐらしをはじめたのだ。

最初のうちは休みの日にケーキを買って遊びにきたりしてたけど、だんだんその間隔《かんかく》があいて、去年からは一度も来てない。

あたしは今、ひとりっ子の五年生だ。

一　お姉ちゃんが来た

梅雨が明けた。なのに、あたしの気分は、どんより。じめじめ。

家でアイスでも食べてすっきりしようと思いながら、学校から帰ってきた。

ところが、ドアを開けようとしたら、鍵《かぎ》がかかっていない。ママは地元の郵便《ゆうびん》局《きょく》に勤《つと》めていて、まだ仕事のはず。具合が悪くて帰ってきてるとか？

……まさか、どろぼう？

と身をかたくして、げんかんに入る。すると……、リビングのドアが開き、その人があらわれた。

「おっ、瞳《ひとみ》。おかえり～」

「だれ?!」

「お姉ちゃんでしょー。ひさしぶりっ」

「あたしはひとりっ子ですが」

抱《だ》きついてこようとするその人をさけて、リビングへ。がっちり、エアコンが効《き》いていて、涼《すず》しい。

「つれないなあ」

無地Tシャツに、どこかの量販店《りょうはんてん》で売ってる柄《がら》つきステテコをはいたその人が、あとから入ってきて、ごろりとソファに寝《ね》ころぶ。髪《かみ》の毛はボサボサ。金髪《きんぱつ》に染《そ》めてるところと、頭のてっぺんに黒く伸《の》びたところがある。なさけないプリン頭だ。

冷凍庫《れいとうこ》を開けたけど、夕べはあったアイスがない。

振《ふ》りかえって、プリン頭をにらむ。プリン頭は、

「冷蔵庫《れいぞうこ》、ろくなもの入ってないよね」と、しらばっくれる。

きょうは金曜日だから。うちは、いつも週末にまとめ買いするから。そんなことより……。

「なんで、いるの？」

お姉ちゃんなんて、呼《よ》んでやらない。こんなかっこ悪い人、お姉ちゃんじゃない。

「帰ってきた。ここ、あたしんちだもん」

建て直してはいるけれど、ここはもともとママの両親が住んでいた家。この人は、ここで生まれて育ったのだ。

「それ、おばあちゃんが生きてたときでしょ。今はパパとママとあたしんち」

「瞳《ひとみ》って、こんなに意地悪だったっけ？」

学校で、もまれてますから。

ああ～。来週一週間、学校休もうと思ってたのに。不登校になるって決めて帰ってきたのに。

まさか、この人がいるってこと？

いらいらしながら、牛乳《ぎゅうにゅう》を出す。冷蔵庫《れいぞうこ》を思いっきりしめる。

「乱暴《らんぼう》もの。冷蔵庫《れいぞうこ》がこわれるよ」

「麻美《あさみ》さんには、関係ない」

さんなんてつけることなかったか。

「ひとみ～。そう、かりかりしないで。しばらく居候《いそうろう》させてよ。部屋はあるしさ。んねっ」

いつのまにかまわりこんでいて、抱《だ》きついてきた。

「ママに聞いて」

ぐいっと牛乳《ぎゅうにゅう》を飲んで、部屋へ。

ママは、妹の居候《いそうろう》をあっさりみとめた。あたしに反対する権利《けんり》はない。

荷物は、あした届《とど》くらしい。もう決めてたってことじゃん。

麻美《あさみ》さんがお風呂《ふろ》に入っている間、ママがパパに説明する。

「人間関係につかれたみたい。売り上げのノルマを達成できなくてお給料減《へ》らされたり、セールの日に一時間前出勤《しゅっきん》の連絡《れんらく》がひとりだけこなかったり」

「アパレルショップの店員って、大変らしいからな」

「ストレスいっぱいだったんでしょうね」

ママの説明は、つづいた。おしゃれは好きだったけど、自分の着る服を選ぶのと、お客様にすすめるのとは、ちがう。そのあたりをうまくやることができなかったみたい。お店の商品の中には好みではないものだってあった。でもその商品を着なくてはならない。しかも、お客さんが見て「いいな」と思える着こなしをしなきゃならなかった。……と。

ぼさぼさ頭のステテコは、その反動ってわけか。

「人生は長いんだから、ゆっくりすればいいよ」

は～?

ふたりとも、超絶甘《ちょうぜつあま》っ。

ストレス? よく聞く言葉だ。がまんできないなにか、ってことよね。

ちょっと待って……。

そうか。この人の甘《あま》えが許《ゆる》されるんだったら、あたしが学校に行かなくなっても、OKってことでしょ。

よし。おおらかな気持ちで、プリン頭の居候《いそうろう》をみとめてやるか。

って、思ったのにぃー！

麻美《あさみ》さんのあとのお風呂《ふろ》に入ったら、お湯は半分に減《へ》ってるし、洗面器はだらしなくころがってるし、髪《かみ》の毛は湯船にうかんでるし。

腹立《はらた》つ〜〜。

二　学校を休んだ

土曜日曜は、うちでだらだらしている麻美《あさみ》さんと、なるべく関わらないようにすごした。

そして、「ストレス」をインターネットで調べた。

——環境《かんきょう》によって心や体に負担《ふたん》がかかっている状態《じょうたい》のことをいいます。ストレスが原因《げんいん》で、胃潰瘍《いかいよう》という胃の病気や精神的《せいしんてき》な病気になることもあるという。麻美《あさみ》さんは、そうなる前に逃《に》げたってことだ。

月曜日。しかたなく、いつもどおり、学校へ。

ああ、でも、どうしよう。

二時間目が終わり、三時間目。給食の時間が近づいてくる。

それにつれて体がどんどん重くなる。

こんなはずじゃない。あたしは、けっこう気が強いはず。

ひとりでいるのは、平気。トイレに行くのに、だれかをさそったりはしない。だからといって、ういてたとも思わない。すごく仲のいい子はいないけれど、そこそこみんなとうまくやってきていた。華《はな》やかな女子グループからは距離《きょり》をおいてたけど。

きっかけは、この前、その華《はな》やかグループが、なにかファッションのことで盛《も》りあがっていたときだった。たまたま通りかかったあたしは、「ね。このカットソー、いいよね」と話をふられた。リーダー的存在《てきそんざい》の子が着ていたのは、有名なブランドのものだったらしい。それに対して、「あたし、そういうのわからない。興味《きょうみ》ないんだ」と答えたのが、気に入らなかったのかも。いや、その前から、目ざわりだったんだろう。ぎろりとにらんできたあと、こそこそないしょ話をしていた。

そして、次の休み時間。

そのグループのひとりが、あたしに、「あ、消しゴム忘《わす》れちゃった。貸《か》してくれる？」といってきたので、「うん」とペンケースを開けた。あたしのペンケースは、おばあちゃんの手作りだ。手芸好きだったおばあちゃんは、古い着物や洋服をほどいて、ポーチやティッシュケースなどの小物に作り直していた。そのひとつが、今あたしが使ってるペンケース。小学校に入学したとき作ってくれたものだ。虹色《にじいろ》のストライプ柄《がら》で、中はふたつに分かれている。作ってもらってから五年もたっているから、ファスナーがほつれてしまっているところもある。はっきりいって、ボロい。

「はい」と消しゴムをわたして、ファスナーをとじた。ところがそのとき、その子があたしのペンケースを指さして、「カビ？」と、聞いてきた。教室じゅうに聞こえる声だった。

一度サインペンのキャップがちゃんとしまっていなくて、中ではずれてしまったことがあったのだ。そのときペン先があたり、ペンケースの角が、インクで黒くにじんでしまっていた。

「ちがうちがう。これはサインペンのインクよ」

あたしだって、負けずに、みんなに聞こえるようにいった。なのに、「ええ～。でも……」と、消しゴムをつきかえされた。まるで消しゴムにもカビがうつっているからといわんばかり。

クラスの子のペンケースは、ふたが磁石式《じしゃくしき》の箱タイプが多い。五年生にもなると、どれもそれなりにくたびれているし、汚《よご》れている。あたしのと、そんなにちがってはいない。なのに、あたしのペンケースは、角が黒ずんでるだけで、カビあつかい。「瞳《ひとみ》って、やばい？」と、ささやきあってる。

そしてそれ以来、華《はな》やかグループのメンバーから、「瞳《ひとみ》はカビくさい」「カビがうつる」といわれるようになった。半径一メートル以内にはだれも寄《よ》ってこない。授業中《じゅぎょうちゅう》は机《つくえ》を動かすわけにはいかないから、前の席の子は、休み時間になるたび、だーっとはなれて、わざとらしく深呼吸《しんこきゅう》している。後ろの席の子は、プリントを回そうとすると、なにか汚《きたな》いものでもわたされるような顔をする。

それでもあたしは、おばあちゃんのペンケースを使いつづけている。おばあちゃんは、二年生になる前に死んでしまった。だから、大事なの。

第一、あいつらは、あたしのことをハブるきっかけがほしかっただけ。いいがかりをつけただけだ。

今週は、うちの班《はん》が給食当番。

あたしがよそったスープを、あの子たちが飲むとは思えない。なにをいわれるか、なにをされるか……。

考えてたら、おなかが痛《いた》くなってきた。そんなことをいえば、きっと「くさったものを食べた」とからかわれる。でも、痛《いた》い。

これは、ストレスが原因《げんいん》の腹痛《ふくつう》だ。

三時間目のあと、逃《に》げるように保健室《ほけんしつ》へ行った。

「おなかが痛《いた》くて」

「あら。なにか心当たりは？」

「いえ、べつに」

あるけど。ストレスです、なんていえば、根掘《ねほ》り葉掘《はほ》り聞かれるだろう。

保健室《ほけんしつ》の先生は、さらに、「今朝はちゃんと出たの？」「朝ごはんは？」と聞いてくる。便秘《べんぴ》じゃないかと、いいたいらしい。便秘《べんぴ》じゃありません。

「とにかく横になってて」といわれて、ベッドに横たわる。目をとじる。あー、やだ。このまま、眠《ねむ》ってしまいたい。そしてもう目覚めたくない。

本当に眠《ねむ》ってしまったみたいで、気づいたら、横に給食が置かれていた。

「どう？　食べられる？」

こくんとうなずき、その場で食べる。おなかはまだ少し、しくしくしたので、半分でやめた。

「五時間目の授業《じゅぎょう》は？」

無理。なにいわれるか、わからない。

「あの……、帰ったらダメですか？」

「ちょっと待って」

担任《たんにん》の浮田《うきた》先生が呼《よ》ばれた。クラスで起こっていることにまったく気がつかない、超《ちょう》どんかんオヤジだ。

「そうか。うん、うちに帰って体を休めたらいい。おかあさんに連絡《れんらく》するぞ」

ママに連絡《れんらく》か。こういうときの連絡《れんらく》は順番が決まっているから、しかたないけど。

「はい。でも今、家には叔母《おば》がいますから、迎《むか》えは叔母《おば》に来てもらいます」

「そうか」

浮田《うきた》先生は、その場で、ママに電話をかけた。ランドセルは先生に教室から持ってきてもらい、ママから麻美《あさみ》さんに事情《じじょう》が伝わるのを待つ。五時間目の途中《とちゅう》に学校に来た麻美《あさみ》さんは、プリン頭はそのままだけど、さすがにステテコではなく、チノパンだった。

あたしは、やっと解放《かいほう》された。

おなかはもう痛《いた》くない。逃《に》げたかった気持ちに、きっと体が反応《はんのう》してたんだ。

家にもどってみたら、テーブルには飲みかけのジュースやポテトチップスの袋《ふくろ》がちらばっていた。麻美《あさみ》さんは、ソファにあった雑誌《ざっし》をこそこそ片《かた》づける。ん？　なんの雑誌《ざっし》？　あやしい。

「おなかは？」

「なおった」

「ふうん」

そして、翌朝《よくあさ》。ママとパパが家を出てから、麻美《あさみ》さんにいった。

「あたし、学校休むから。先生に電話して」

「は？」

「行きたくないの」

じっと麻美《あさみ》さんの目を見た。あたしのいいたいこと、わかるよね。

麻美《あさみ》さんも、じっとあたしの目を見た。

「行きたくないんだ」

「うん」

麻美《あさみ》さんだって、仕事に行きたくなくなったんでしょ。だから、ここでこうしてるんでしょ。

あたしに、休むなっていう権利《けんり》はないよね。

協力してくれるよね。


麻美《あさみ》さんの保護者《ほごしゃ》ぶりは、見事だった。

「昨日《さくじつ》、迎《むか》えにいきました瞳《ひとみ》の叔母《おば》です。いつもお世話になっております。はい。ええ、行く準備《じゅんび》はしていたんですが、熱も少々あるようで……」

ショップ店員をしていたときの口調。大人の物言《ものい》い。声だけ聞いてると、まるで別人だ。きのう学校で先生と顔を合わせてるしね。問題なし。

麻美《あさみ》さんは、そのあとは、いつものようにごろごろ。

あたしは、しばらく自分の部屋でマンガを読んでから、リビングにおりた。リビングは、きのうと同じような状態《じょうたい》。本が数冊《すうさつ》。あとは、チョコやクッキーの包み紙がちらばっている。

お昼ごはんくらい作ってくれるかと思ったら、コンビニ弁当《べんとう》で終わり。麻美《あさみ》さんは、またテレビを観《み》て、ごろごろ。

「ほんとになにもしてないね。ふとるよ」

「だね。瞳《ひとみ》も気をつけて」

あたしは、来週には学校へ行く。ただ給食当番だけはしたくないの。だから、今週だけは、切《き》り抜《ぬ》けさせて。

でも、甘《あま》くはなかった。

麻美《あさみ》さんのスマホがぶるぶる震《ふる》えた。

「やば、姉さんからライン」

しまった。先生、念のためママに連絡《れんらく》したんだ。

「ママ？　なんて？」

「瞳《ひとみ》がいるのかって」

えー、どうしよう。あたしたちは、顔を見あわせ、すぐに返信をしなかった。すると、ふたたびスマホが震《ふる》えた。今度は電話だ。

三　川原へおりた

「逃《に》げよ」

「え？」

「姉さん、帰ってくるかも。ほら、急いで」

「うん……」

ぐいっと手をつかまれて、外へ。

あ、あたしはまだふつうにTシャツとデニムパンツだからいいけど、麻美《あさみ》さん、ステテコだよ。ママのサンダルつっかけて……。

ママが勤《つと》めている郵便局《ゆうびんきょく》とは反対方向へ。

「どこに行くの？」

「どこに行こうか」

「もう」

「はは。逃避行《とうひこう》だー！」

というより、プチ家出だ。ちょっと楽しい。

ひとりだったら、きっとひどくみじめだった。

「瞳《ひとみ》。ジャンケンしよ。ジャン、ケン」

「ポン」

あたしの勝ち。

「右ね」

あたしが勝ったら、右。お姉ちゃんが勝ったら、左。それが、いっしょに歩いて分かれ道に来たときのルールだった。

「ジャン、ケン」

「ポン」

こんどは、左。

「こうやって、迷子《まいご》になったことあったよね」

「あった、あった」

あたしが泣きだしたら、お姉ちゃんがぎゅっと手をにぎってくれたっけ。

あ、あたし……、麻美《あさみ》さんじゃなく、お姉ちゃんって呼《よ》んでる（心の中でだけど）。

「ジャン、ケン」

「ポン」

こんどは、右。なのにお姉ちゃんは左へ行く。

「ずる」

「いいから。こっちこっち」

このあたりは昔からの住宅街《じゅうたくがい》で、細い道が入りくんでいる。だからあのとき、迷ったんだ。

車が行きかう道に出て、信号をわたる。

そして、川原に出た。

道路から土手が盛《も》り上《あ》がり、散歩道がある。少し向こうにあるドッグランへ犬をつれていく人がいる。

「あー、ひさしぶりだー」

お姉ちゃんが、両手両足を広げて、叫《さけ》ぶ。

川から風が吹《ふ》いてきた。

土手の草が、ゆれてる。


石段《いしだん》を、川原へとおりた。水にばしゃばしゃと手を入れて涼《すず》んだあとは、お決まりの水切り。

「平べったい石がいいんだよね」

「えいっ」

お姉ちゃんのは、一回はねただけでしずんだ。あたしのは、一回もはねなかった。

「で？」

お姉ちゃんが振《ふ》りかえって、あたしを見る。

「え?」

「だから、学校で、なにがあったわけ?」

ふうん、気になるんだ。

「いいたくないなら、いわなくてもいいけどさ」

「ペンケース」

「え?」

「おばあちゃんがリメイクしたペンケースだよ」

「あの人、いろいろ作ってたからね。ああいうの、最近はアップサイクルっていうらしいよ。あたしは、ポーチをいまだに使ってる。っていうか、それがどうしたわけ?」

それで、これまでのことを話した。休みたいのは、今週だけだってことも。

……。

お姉ちゃんは、なにもいわない。

川が流れる音だけがする。

お姉ちゃんが、すっと足元の石をひとつ拾った。そして、

「そういうやつは、どこにでもいるんだよ！」と叫《さけ》んで、投げる。

わっ。

石は、点々と四回もはねて飛んでいった。

そして、また石を拾う。また投げるのかと思ったら、こんどはすぐにぽいっと捨《す》てる。そしてまた拾っては、捨《す》て、捨《す》てては拾う。

「どうしたの？」

「石っていろいろあるじゃない。ほら、これなんて、よく見ると、いろんな色が混《ま》じってる」

「うん」

「あ、これいい！　黒いけど、ちょっと赤い」

「そういわれれば……」

「あっちに行こ」

なにしろ川原は広い。石はたっぷりある。お姉ちゃんは、なにかに取りつかれたみたいに、石を拾っていた。

「袋《ふくろ》持ってくるんだった」

そうしているうちに、あたしまで、「これ、いいんじゃない？」と石を拾って、お姉ちゃんに見せてる。

「おっ、しぶいね」

「そう？」

たしかに、茶色はしぶいかも。でも、するするしてて、さわっていると気持ちが落ち着く。あっ、こっちの白いのも、きれい。

お姉ちゃんは、拾った石を石段《いしだん》にならべた。

「これはさ、地球の一部なんだよね」

石につぶやいてるみたい。

「ほかの川に行けば、またちがう石がある。海にはまたちがう石がある。どれひとつ、同じ石はないいんだよ」

母の国、父の国

小手鞠るい 作

少女は、この国で、目立った。
そのために、さげすまれることもあった。
壮絶ないじめに耐えつづけた小学生時代。
世間にプライドを踏みにじられた中学生時代。
うそと裏切りにまみれた恋に苦しみ、
母に対する憎しみを覚えた高校生時代。
苦悩の海を越え、絶望の果てに訪れたその国
で、少女を待っていたものは。

小学校高学年から
定価 1650 円（10% 税込）
ISBN978-4-378-01560-6

無情な嵐にあがらうこともできず
あの日々は過ぎていった——

サステナブル・ビーチ

小手鞠るい 作　カシワイ 絵

サステナブル・ビーチ―永遠につづいてい
く、すべての生き物たちのための、きれい
な海辺。
七海（ななみ）と少女は、指切りの約束を
した。サステナブル・ビーチを取りもどす
と。たったひとつしかない海を守るために、
今できることは？　山へ、川へ。七海の「夏
休みアクション」が始まる――

第 33 回読書感想画中央コンクール指定図書
全国学習塾協会　第 32 回全国読書作文コンクール対象図書
第 3 回福井市こどもの本大賞　物語部門
令和 4 年度茨城県優良図書　小学校高学年向け

小学校高学年から
定価 1540 円（10% 税込）
ISBN978-4-378-01557-6

だからさ、ぼくらができることを、なんでも
いいからして、なんとかしないといけないんだ。

#マイネー

黒川裕子 作

名前はいまの自分
SNS の呼びかけに
い名前を名乗りはし
名前《マイネーム》をさけび、自
歳の心の叫びは届く
名前をめぐる、勇気
ストーリー！

令和 4 年度茨城県優良図書
全国学習塾協会 第 33 回全国

「とりあえず、さ

アフガニスタンの

ジャネット・ウィンタ

今から 20 年ほどまえ
女の子は学校に行っては
女の子は世界のことなど
そういわれていたのです
そんな時代でも　町には
女の子のためのひみつの

まごむすめの心のまどをひ
おばあちゃんの願いと、勇
「ひみつの学校」が、小さ

2023「えほん 50」（全国 SLA 絵本

いまもアフガニス
必死で守ろうとして

小
定
IS

!」というけれど、
で、何ができるのか
て、自分には関係な
。
ても身近なこと」が

ンを買うこと、ごみを出すこと、乗り物に乗
の生き物のくらしを考えること——まずは
りのことが、どのように世界につながって
地球のどんな問題に関係しているか、「知る」
ら始めてみませんか。
で見る」シリーズ、SDGs時代の今こそ。

物多様性
神貴子 訳
78-04163-6

べての生き物がつながって
わかります。多種多様な生
ことは、地球そのものを守
生物多様性はSDGsの基本

で見るSDGs時代の環境問題
ェス・フレンチ 著　大塚道子 訳
価3300円（10%税込）ISBN978-4-378-04149-0

目で見るSDGs時代の
異常気象のしくみ
ジュディス&フレイザー・ラルストン 著
片神貴子 訳
定価 3300円（10% 税込）
ISBN978-4-378-04161-2

ひと箱本屋とひみつの友だち

作　赤羽じゅんこ
絵　はらぐちあつこ

2023年6月発売

小学校高学年から
定価 1,650円（10%税込）
ISBN978-4-378-01562-0

あらすじ

小学５年生の朱莉（あかり）は、ふとしたきっかけで、ひと箱本屋カフェ「SHIORI」を訪れ、そこで売られていた一冊の手作りの本に、心をうばわれる。

作者は同世代の女の子・理々亜（りりあ）。

二人はある日、「SHIORI」ではじめて会うことになり……。

ほんとうの友だちとは？　ほんとうに自分らしいとは？　たどりついた、朱莉の気持ちとは——。

さ・え・ら書房　〒162-0842　東京都新宿区市谷砂土原町３－１　Tel 03-3268-4261　Fax 03-3268-4262

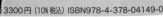

はかって、へらそうCO_2 1.5℃大作戦

監修 公益財団法人 地球環境戦略研究機関（IGES）

地球温暖化をおさえるために、CO_2 をへらそうというけれど……。そもそもわたしたち一人ひとりは、どれだけの CO_2 を出しているのだろう。どうすれば、どれだけへらせるのだろう。この本で、自分の出している CO_2 の量がわかります。何をすれば、どれだけへるかわかります。パリ協定の「1.5℃目標」達成にむけて、CO_2 をはかって、へらす『1.5℃大作戦』の始まりです！

①はかる編　定価2365円（10%税込）ISBN978-4-378-04181-0
②へらす編　定価2915円（10%税込）ISBN978-4-378-04182-7
セット　定価5280円（10%税込）ISBN978-4-378-04180-3

わたしたち、これだけ出してます。
わたしたち、こんなにへらせます。

知ってる？ アップサイクル

もうひとつのリサイクル

いらなくなったものを、もういちど資源にもどして使うのが「リサイクル」。
いらなくなったものを、そのままの形で、新しい価値のあるものにつくりかえるのが、「アップサイクル」です。
モノを大切につかうという考えは同じ。
アップサイクルは、そのモノのもっている「価値」を考えて、自由に、楽しくできる、もうひとつのリサイクルなのです。

①アップサイクルってなに？　定価2750円（10%税込）ISBN978-4-378-01221-6
②アップサイクルをやってみよう！　定価2750円（10%税込）ISBN978-4-378-01222-3
セット　定価5500円（10%税込）ISBN978-4-378-01220-9

「マイ段ボールさいふ」

いらないものを、
世界でたったひとつだけの宝物《たからもの》に。

ピースがうち…

村上し…

ある日、…
ろった。…
んとおとう…
「わたしが、…
ずっとそう…
ろなんだが、…
そして、サチ…
ちょっとずつて…
本当の家族にな…

ピース、こっ…
ちょっとずつ…

タブレット…

村上しいこ 作　かわい…

ＧＩＧＡスクール時代到…
あたえられた課題はなんと…
生徒二人がペアになり、…
ＡＩ（人工知能）の 子ども…
心夏たちのペアがさずかっ…
小学生”マミだった………。
愛されたい、愛したいのに…
なく、ごまかしていた感情を…
まいな人間関係をゆさぶる！

全国学習塾協会 第33回全国読書作文コン…

「えーっ!? 先生、子育て…
意味がわかんないん…

SDGs 達成に取りくみましょう…
何をすればいいのか、自分ひとり…
…SDGs のゴールは大きすぎ…
…と思ってしまうかもしれません…
…もじつは、わたしたちの「と…
SDGs につながっています。モ…
…こと、CO_2 のこと、ヒト以外…
身のまわ…
いるか、…
ことから…
好評「目…

SUSTAINABLE DEVELOPMENT GOALS

目で見るSDGs時代の生…
ジェス・フレンチ 著　片…

定価3300円（10%税込）ISBN978-4-37…

地球上のすべ…
いることが…
き物を守る…
ること。生…
です。

目…
ジ…
定価…

なにをいいたいんだろう。

ううん。ほんとは、なにをいいたいか、少しわかる。

あたしも、拾った石をお姉ちゃんの石に交ぜて、石段《いしだん》にならべた。

「あのさ、麻美《あさみ》さんは……」

やっぱり面と向かっては「お姉ちゃん」って呼《よ》びにくい。

「なに？」

「自分の石がどこかにあるかもって、思ってるの？」

「うーん。当たらずとも遠からず」

「当たってないんだ」

「あたしもこんな石のひとつみたいなもんかなって、とこかな」

ここには、いくつ石があるんだろう。何万？　何十万？　世界じゅうにはいくつの石があるんだろう。あ、つまり、それが人間の数に置《お》きかえられるってことか。

地球には今何人、人がいるんだっけ？

「でもさ」

お姉ちゃんの言葉に感心ばかりはしていられない。

「地球の石には、ダイヤとかルビーとか、なんだろう。ほかにもすごいのがあるよね」

「エメラルド、アメジスト、オパール、トパーズ……」

中には、色や形が思いうかばないのもある。指輪やネックレスとして売られているものたちだ。

「数が少ないと値《ね》がはる。そうでもなければ、それなりの値段《ねだん》。水晶《すいしょう》は、日本でも山で掘《ほ》れる。ヒスイは海辺で拾えることもあるみたいよ」

人にも、宝石《ほうせき》や石ころがあるのかな。芸能人《げいのうじん》や、活躍《かつやく》しているスポーツ選手は、宝石《ほうせき》なんだろうな。

あたしは？　そりゃあ、そのへんの石ころだよね。

「うちに帰ったら、本を貸《か》してあげる。『いい感じの石ころを拾いに』っていうの。読んでみたらいいよ」

「いい感じの石ころ？」

「そう。こんな川原や海岸で、ただの石ころの中から、自分の気に入った石をさがしている人のエッセイなんだ。宝石《ほうせき》を見るより、元気になる。あんたは、それでいいよって、いってくれてるみたいに思える」

それでいい？

四　いい感じの石ころ

「わあ、この石！」

ちょっと先の草むらから声がした。

なに？

そこでは、お姉ちゃんがしゃがんでいた。灰色《はいいろ》のごろりと大きな石をなでたり、持ちあげようとしたり。

「重い」

持ちあげられないみたい。

「お米五キロくらいなら持てるんだけど、これは、もっとあるな」

ちょっとごつごつとしてるけど、岩というほどではない。

遠目には灰色にしか見えなかったのに、いっしょにしゃがんで見たら、どことなく青い。赤茶色のすじが、いい感じの模様《もよう》になってもいる。

すわれるほどの大きさじゃない。

かざるほどきれいなものでもない。でも、やさしい感じがする。

ここにあるまま、置いておくしかない。あたしたちが帰ったら、もうこの石を見つける人はいないかもしれない。

そんなことを、つぶやくようにしゃべった。すると、お姉ちゃんが、ぼそりといった。

「また会いにくるよ」

そして、川に向かって、すっくと立つ。

「あ、え、い、う、え、お、あ、お」

いきなりの大声だ。

「なに？　発声練習？」

「瞳《ひとみ》もやってごらん。すっきりするよ。

なまむぎ　なまごめ　なまたまご」

は……早口言葉？

「できない？」

「そんなの簡単《かんたん》だよ。

なまむぎ、なまもめ……あ」

「はは。

あかまきがみ　あおまきがみ　きまきがみ」

「あかまきまみ　ああ……あおまきがみ　きまきまみ」

く、くやしい～。

「さ、そろそろ帰ろう。警察《けいさつ》に届《とど》けられたりしたら、やっかいだ」

プチ家出は終わり、か。

あたしたちは、さっき石段《いしだん》にならべた石の中から、それぞれ一番好きなのをひとつずつポケットに入れて帰った。


家が見えてきた。

玄関《げんかん》が開いた。ママだ。

「ただいまー」

お姉ちゃんが、芝居《しばい》がかった明るい声を出す。

「もう」

ママの顔は、こわばっていた。探《さが》しに出ようとしてたのかも。

「おかえり」

うながされて、家に入る。


「これだよ」

お姉ちゃんが、テーブルにあった本を差し出してきた。

『いい感じの石ころを拾いに』という本だ。

「大人の本じゃん」

「大人の本とか子どもの本って、決まってないよ。あたしは今でも『くまのプーさん』読んでる。読めるところだけ読めばいい。あたしがそうだし」

ぱらぱらとめくってみた。

中の写真も、石ばっか。

「この前まで働いてたショッピングモールにも、いろんな石を売ってる店があったの。パワーストーンとか。休憩時間《きゅうけいじかん》、よく行ってたんだ。いやされた」

「ショップ店員、そんなにしんどかったの？」

「店員同士の張《は》り合《あ》いはあるは、試着したときに服を汚《よご》すお客さんや、似《に》あわないことを店員のせいにするお客さんとか、いろいろ」

ショッピングモールには、ジュエリーショップもあったけど、ネックレスや指輪に加工されているものより、石そのものを売ってる店のほうが好きだったって。あたしたちが拾ってきたのは、そういう店にさえならんでいないただの石ころだ。

『いい感じの石ころを拾いに』という本の中にある石も。

拾った石は、出窓《でまど》にならべた。宝石《ほうせき》のようには光らない。でも日が当たるところは、明るくて、下には影《かげ》を落としている。ちゃんと、そこにある。

石たちが、たがいに寄《よ》りそってるみたいに見える。

その夜、『いい感じの石ころを拾いに』を読んでみた。作者が、いかにただの石ころが好きなのかが、書かれている本だ。

文章はちょこちょこ拾い読みしただけ。でも、載《の》っている写真は全部見た。石ころたちは、みんなちがう表情《ひょうじょう》をしている。そして、へなっとなりそうだったあたしを、はげましてくれた。

五　学校へ行った

翌朝《よくあさ》は、またいつもどおり。

「行ってきます」

パパが出勤《しゅっきん》。ママが出勤《しゅっきん》。

ママは、あたしが学校をさぼっていたことを、責《せ》めなかった。パパにいったのかどうか、まあ、たぶんいったとは思うけれど、パパも、なにもいわなかった。

そして、とうとう最後まで、あたしに「きょうは学校へ行くの？」とも「行くんでしょうね」ともいわなかった。ところが、お姉ちゃんが、いう。

「ふたり、がんばったね」

パパとママのことだ。

「学校のこと、いいたくてしかたなかったと思うよ。まったく、逆《ぎゃく》にこたえるよね」

「こたえる？」

「いろいろいわれるより、つらいってこと。あたしにも、いい年なんだからちゃんと仕事しなさいとか、うちにいるんだったら、掃除《そうじ》くらいしてとか、なにもいわないんだよ」

それが、こたえてたんだ。

「学校へ行くよ」

部屋からランドセルを持ってきた。


明るい顔で教室に入ることは、できない。

「おはよう」と声をかけてくれる子はいない。

でも、いい。

目をとじて、出窓《でまど》に置いたあたしの石を思いうかべる。平気平気と心でとなえる。

授業《じゅぎょう》が始まり、そっとまわりを見まわした。

先生の言葉を真剣《しんけん》に聞いている子。髪《かみ》がはねているのを気にしている子。あくびをしている子。

窓《まど》ぎわの子と目が合った。

知っている。あの子は、あたしのことを「カビ」なんていわない。ううん、あの子だけじゃない。ふつうに授業《じゅぎょう》をうけているあの子も、この子も……。

いっているのは、あのグループの子たちだけ。ほかの子は、つられるように、あたしに近よらなくなっているだけ。でも、それを責《せ》めることは、できない。

そして、給食の時間になった。

あたしは念入りに手を洗《あら》い、マスクをして、ほかの当番の子と、給食室から配膳《はいぜん》台《だい》を運んできた。

きょうは、中華《ちゅうか》サラダと、からあげがひとり二個《こ》。牛乳《ぎゅうにゅう》とごはんだ。つくだにの袋《ふくろ》がひとり一個《いっこ》。

もくもくとトングでからあげをつまんで、差しだされる皿に入れつづけた。

ならんでいる子の中から、「カビくさくない?」という声が聞こえた。やっぱ、傷《きず》つく。

手がふるえそうになる。やっとのことで、からあげを皿に入れた。

次の子が、前に来る。さっき、「カビくさくない?」っていった、華《はな》やかグループのリーダーだ。顔をしかめて、汚《きたな》いものを見るような目を、あたしにむける。

――そういうやつは、どこにでもいるんだよ!

お姉ちゃんの声を思いだし、トングをぎゅっとにぎった。

「いいかげんにして！」

マスクの中が、あたしの声で、もわっとなる。

石ころパワーを見せてやる。

「あたしは、あたし。

あんたたちにとって、いい感じじゃなくていい」

目の前にある顔が、一瞬《いっしゅん》こわばる。

「おいおい、どうしたんだ？」

浮田《うきた》先生が、寄《よ》ってきた。

「ずっとカビくさいって、いわれてました。先生、あたし、カビくさいですか？」

「ちょっと、なにいってんの」

さすが、強気だ。

「そんなこと、いってません」

先生に真顔でうったえてるよ。まさか、あたしがうそつきになる？　と、あわてかけたそのときだった。

「瞳《ひとみ》さんに近づくとカビがうつるって、いってました」

窓《まど》ぎわのあの子が、いった。決して大きな声ではなかったけど、教室の中にひびいた。必死にあたしをかばってくれてる。

「そうそう」

まわりからも、声があがった。華《はな》やかグループの子たちは、うつむいている。

目の前にいるリーダーが、あたしをにらんだ。でも、すぐに目が泳ぎだす。

そして、いった。

「わかったよ。……、ごめ…」

あんなに自信たっぷりだったのに、今は声を出すのがやっとだ。

あたしは彼女《かのじょ》の皿に、からあげをぽんっと置いた。

宝石《ほうせき》かただの石ころかなんて、関係ない。

あたしたちは、みんな、地球の上でふんばってるんだ。

その翌週《よくしゅう》から、お姉ちゃんは、バイトをしながら声優《せいゆう》の養成所《ようせいじょ》に通いだした。あの電話の口調を思いだすと、案外いけるんじゃない？　って、思える。ときどき川原で発声練習してるみたい。あの青みがかった灰色《はいいろ》の石に聞かせてるのかも。

この前は、新しい石が出窓《でまど》にひとつ増《ふ》えてた。

プリン頭は、ざっくりカット。似《に》あってる。

家にいるときは、相変わらずステテコだけど。もうかくさずに、アニメや声優《せいゆう》が出ている雑誌《ざっし》を見ている。『いい感じの石ころを拾いに』も、テーブルにある。あたしも、ときどきぱらぱらめくる。

「じゃあ、お姉ちゃん。行ってくるね」

「ん、きょうはあたし、家にいるよ。いっしょに買い物に行く？」

「あー、悪いけど～。友だちと約束してるから」

「ふうん」

出窓《でまど》の石は、きょうもそんなあたしたちを見守っている。

あたしたちのパワーストーンだ。

この物語に登場する本

『いい感じの石ころを拾いに』　宮田珠己著　河出書房新社

『ダレカ』をさがす冒険《ぼうけん》

赤羽《あかはね》じゅんこ

一

「息吹《いぶき》、まだ、決めてないの？」

図書室にいくと、同じクラスの図書委員の堀越《ほりこし》あかねがまっていた。それも目をつりあげたこわい顔で。

「だって、わかんねーもん。好きな本の紹介《しょうかい》なんてさ。堀越《ほりこし》は本、好きだろ？　おれのも書いてくれよ。たのむ」

手をあわせておがむポーズ。これでスルーできるときもある。

しかし、堀越《ほりこし》はますます目をつりあげ、声もとがらせた。

「やだ。自分のことは自分でやってよ。あと息吹《いぶき》だけなんだよ」

「うそー。みんな決めたの」

「うん。ほとんどその日に決めちゃった」

「みんな、本、好きなんだな」

「図書委員だもの、そうよ」

「へーっ」

おれみたいに本は読まないけど、しかたなくなったってのは、ほかにはいないらしい。

おれが図書委員になったのは、しかえしをされたからだ。

委員決めのとき、おれは山根有樹《やまねゆうき》を学級委員にすいせんした。山根《やまね》は勉強ばっかりのまじめなやつ。黒くて大きなめがねがトレードマークで、マンガの主人公に似《に》ているからと、コナンなんてよばれている。

一学期、同じ班《はん》のとき、宿題をうつさせてっていったら、マジで怒《おこ》ってきた。ゆうずうがきかないっていうか、ノリが悪いっていうか、おれとは話があわない。でも、なぜか大人うけはいいんだ。おれのかあさんは口ぐせのように、「山根《やまね》くんを見習いなさい」というから、ちょっとむかつく。

山根《やまね》は学級委員になるのをいやがっていた。人の前に出るのがにがてだからと。えんりょというより、本気でいやなようだった。

でも、話し合いを早く終わらせたいおれは、手をあげていったんだ。

選ばれた。

「学級委員になって、にがてなことに挑戦《ちょうせん》するのもいいと思います」

それがなぜか、バカうけ。「そのとおり」と拍手《はくしゅ》するやつもいて、山根《やまね》はみごと

選ばれた。

おれは給食委員かなにか、楽なものをやるつもりでいた。

けど、今度は山根《やまね》がおれを図書委員にすいせんしたんだ。

「にがてなことに挑戦《ちょうせん》するのがいいっていうなら、長尾息吹《ながおいぶき》くんが図書委員になるのがいいと思います。でなきゃ、ぼくも学級委員、やりません」と。

いっしょの班《はん》だった山根《やまね》は、おれが本を読まないことを、よく知っていた。

おとなしいやつがたまにいう言葉って、力をもつ。クラスのほとんどが「そうだ、そうだ」と賛成《さんせい》し、おれは図書委員になっちまった。

図書委員は予想した以上に、仕事がいっぱいあった。

やぶれたり、よごれた本を見つけること。

返却《へんきゃく》されていない本を、さいそくすること。

あと本の整理だ。みんなかってなところに本を置くので、もとにもどさないとい

けない。
　でも、それらはいわれたとおりにやれば終わる。
　おれが困《こま》ったのは、本の紹介《しょうかい》だ。
　読書週間にむけて、図書委員はおすすめ本の紹介文《しょうかいぶん》を提出《ていしゅつ》することになってい
た。必ずひとり一冊《いっさつ》、A3サイズの色画用紙にまとめる。おまけに、絵本、まんが、
図鑑《ずかん》ではなく、物語を紹介《しょうかい》するというのだ。
　堀越《ほりこし》が目をつりあげていっているのは、このことだ。本のタイトルを伝える日が
すぎている。
「わかった。この週末で考えて決めるよ」
　おれはうけあって、逃《に》げだそうとした。すると、堀越《ほりこし》は、「まって」とよびとめる。
「てきとうにやらないでよ。この前、委員長にいわれたんだから。なんで長尾《ながお》くん
が図書委員になったのって。本、読まないのに」
「しかたないだろ。やりたくてやってるんじゃないもん」
「山根《やまね》くんはがんばっているよ。すごく」

堀越《ほりこし》は「すごく」ってところに力をこめた。

おれは、ぎくっとする。

「この前も山根《やまね》くんに聞かれたの。息吹《いぶき》はちゃんと図書委員やっているかって。だから、本の紹介文《しょうかいぶん》を書くといっておいた。そしたら、『楽しみ』だってさ。息吹《いぶき》のこと、注目しているみたい」

げっ、堀越《ほりこし》のやつ、よけいなことを。

「だから、ね、いい紹介文《しょうかいぶん》、まってるから」

「わかった。おどろくようなの、書いてやる。だから、ひとまず今日は帰るわ」

おれは堀越《ほりこし》に手をふり、階段《かいだん》を一段《いちだん》とばしでかけおりた。


学校を出て、家への道を歩きながら、「ちぇっ」と舌《した》うちした。

「なにが、『山根《やまね》くんはがんばっているよ』だよ」

他人とくらべられるっておもしろくない。

だが、山根《やまね》が努力しているのは、くやしいけど事実だった。

最初、小さな声でしゃべって、だれも話を聞いてくれなくて、顔をまっ赤にして困《こま》っていた。

けど、それから、話しあうことをプリントにまとめたり、意見箱をつくったりと、クラスがよくなるように、こまめに動きだした。しだいに、みんな一目《いちもく》おきだして、このごろは人気もあがっている。

「ちぇ、ちぇ、ちぇ」

さっきまで、人気映画《にんきえいが》のノベライズ本を紹介《しょうかい》して、かんたんにすませようと思っていた。

だけど、気が変わった。

堀越《ほりこし》や山根《やまね》がおどろくようないい本を紹介《しょうかい》して、おれだってできるってところを見せてやりたい。今はあまり本を読まないけど、小さいころは本が好きだった。子ども文庫のてつだいをしているばあちゃんが、たくさん絵本を読んでくれた。なぜか、自分で読めるようになったら、ぱったり読まなくなった。いつでも読めると思うからだ。

でも、「いつでも」って時間は、やってこない。自分で時間をつくらないと、本は読めないんだ。

二

土曜日、ひとりでバスにのって、ばあちゃんの家にいった。

「へえ、息吹《いぶき》が紹介文《しょうかいぶん》をね」

おれの話を聞いて、ばあちゃんは首をかしげた。おれが来たことを大よろこびしてくれるかと思ったが、そうでもなかった。足が痛《いた》くて、病院にかよっているという。

「どんな本がいいか、教えてよ」

「だめ。あたしゃ、息吹《いぶき》じゃないんだ。息吹《いぶき》がどんな本をおもしろがるか、わかんないよ」

首を横にふって、そっけない。

「二階の本棚《ほんだな》に児童書があるから、気に入ったのを読めばいい」

「でもさ」

おれは、クッキーをほおばりながら、目をしばしばさせる。

「ちらっと見たけど、題名と表紙だけだと、どれがおもしろそうか、わかんないよ。みんな、古い本だし」

「そりゃ、古いわよ。あんたのかあさんが読んだ本だからね」

「そうなの？　ばあちゃんのじゃないの？」

「ばあちゃんの小さいころなんて、そんなに本はなかったの。あれは由利江《ゆりえ》が小さいころ、読んで好きだった本」

ばあちゃんは、かあさんを由利江《ゆりえ》と名前でよんだ。名前で聞くとおかしな感じ。かあさんが別の人みたい。

「げー。そうだったのか」

首すじをボリボリとかいた。かあさんの好きだった本を読むって、なんか、こそばゆいっていうか、てれくさいっていうか、ていこうがある感じだ。

「表紙だけじゃわからなかったら、一、二ページだけでも読んでみればいいじゃない」

「うーん。でもな……」

それがめんどうだから、ばあちゃんに聞こうと思っている。

「しかたない。一冊《いっさつ》、選んであげるよ。おやつ、食べおえたら二階にいこう」

「うん。サンキュー。いこ、いこ」

あわてて口にクッキーをおしこみ、ゴホゴホとむせこんだ。


二階の空気は、どよんとしていた。足が悪くなったばあちゃんは、このごろ、窓《まど》をあけてないらしい。

「由利江《ゆりえ》は小学校のころ、本が大好きでよく読んでね。ずいぶん処分《しょぶん》したけど、おこづかいで買った本はすてられないってとってあるのよ」

窓《まど》をあけて、ころがっているダンボールをどけて、ふたりで本棚《ほんだな》の前に立った。

「なつかしいね。これ、由利江《ゆりえ》が好きだったわね。『ぼくらの七日間戦争』。映画《えいが》にもなったロングセラーだよ」

「へえ。かあさん、ほとんど本、読まないけどな」

「昔は時間があったのよ。今はいそがしいんでしょ。あんたたちがいるし、パートもあるし」

おばあちゃんは、いすをもってきてすわると、なつかしむみたいに一冊《いっさつ》、一冊《いっさつ》、手にとりだした。

十冊目《じっさつめ》かの本をひらいたところで、おばあちゃんは目を見ひらいた。

「まあ、やだ、こんなのがはさまって、残っていた」

「えっ？」

「見て、これ」

ばあちゃんは、本のまんなかあたりからふたつおりの紙をとりだした。ひらくと花がらのびんせんに、えんぴつで文字が書かれていた。おれは口にだして、それを読む。

わたしも自分自身でダレカをさがす冒険《ぼうけん》をしたいです。

だから、あのこと、ゆるしてください。

やらないとこうかいしそうです。　ユリ

「え、なにこれ？」

文章の意味がわからないが、心をこめて書いたように見えた。えんぴつの字が力強くて濃《こ》い。

「手紙よ。小学生の由利江《ゆりえ》から、わたしへの抗議《こうぎ》の手紙」

「抗議《こうぎ》？　うっそー」

本の表紙を見た。『二分間の冒険《ぼうけん》』、作者は岡田淳《おかだじゅん》とある。

表紙の絵は、おれから見たら、少し古めかしかった。

怪物《かいぶつ》がいるのだが、でっかい頭で、体もぶよぶよとふとっている。なのに足が短くて細い。

怪物《かいぶつ》に立ちむかう、剣《けん》をもった男子と女子の服装《ふくそう》もちょっと昔っぽい。

しかし、そのレトロっぽさが、なぞめいたふんいきをかもしだしている。絵の意味が知りたくて、すぐにめくって読みたくなるような……。

「そうだったわねー。いろいろ思いだしたわ」

ばあちゃんは、にやにやしだした。当時のことを思いだして、なつかしんでいるみたい。

「なに？　かあさんとばあちゃんの間に、なにがあったの？」

「ふふふ。知りたいかい？」

「あたりまえだろ。こんな手紙、見つけたら気になるよ」

「じゃ、この本を読んでみたら。そうそう、紹介文《しょうかいぶん》を書くのもいいわ。おもしろくて、元気になれる本よ」

ばあちゃんは、急にすすめだした。

「うーん。この『二分間の冒険《ぼうけん》』を紹介《しょうかい》したら、みんなおれのこと、『すげー』って思うかな？」

「本はべつに『すげー』って思ってもらうために読むわけじゃないから。でも、ファンタジーの名作っていわれるロングセラー作品。選んで損《そん》はしないよ」

そういわれると心が動いた。

「この本を読んだら、かあさんの手紙のわけがわかる?」

「少なくとも近づけるわね。本を読まずに、手紙のことは、わからないわ。話しても、うまく伝えられない」

「ふーん」

おれはもう一度、手紙を見た。カタカナで書かれた『ダレカ』ってところが、やけに気になる。

「じゃ、これにしてみるよ」

その日は、ばあちゃんの家にとまることにした。家に帰ると、妹の菜実《なみ》といっしょにテレビを見たくなる。

しずかなこの家で、読めるところまで、本を読んでしまおうと思ったんだ。

三

「ふーん、へんなの」

半分ほど読みすすめて、おれは息をはいた。

『二分間の冒険《ぼうけん》』は、ふしぎなストーリーだった。

出だしは、どこにでもあるような小学校の風景からだった。六年三組の悟《さとる》は、体育館でクラスメートといっしょに床《ゆか》にシートをしいていた。次の日の映画会《えいがかい》の準備《じゅんび》だという。

そこに落ちていたとげぬきを、悟《さとる》が保健室《ほけんしつ》へ届《とど》けにいくことにする。

しかし、その途中《とちゅう》からおかしなことになる。

とつぜん、黒ネコに話しかけられ、とげぬきでとげをぬいてくれといわれる。それが、見えないとげだというからおかしな話だ。

しかたなく悟《さとる》はとげをぬくまねをする。すると、黒ネコはとげをぬいてくれたお礼に願いをかなえてやるといいだすのだ。

とっさに願いごとを思いつかなかった悟《さとる》は「ちょっとまってくれよ」といってしまう。すると黒ネコは、「時間がほしいってわけか」といって、悟《さとる》を異世界《いせかい》に送りこんでしまうのだ。

その異世界《いせかい》に入ると、黒ネコは自分を『ダレカ』と名のり、ゲームをしようといいだす。黒ネコ『ダレカ』をさがしあてる「かくれんぼ」のようなゲーム。黒ネコを見つけたら、もとの世界に帰れるのだ。じゃ、かくれている黒ネコを見つければいいのかって思うだろ？　そんなに単純《たんじゅん》じゃない。その異世界《いせかい》で、『ダレカ』は黒ネコの姿《すがた》をしていないというのだ。

——おれは、この世界で、いちばんたしかなものの姿《すがた》をしているよ。じゃあ、あばよ。

そういって、消えてしまう。

わけのわからない異世界《いせかい》で、なにに姿《すがた》を変えているかわからない『ダレカ』をさがすなんて、むちゃくちゃでありえない。

さらに、この異世界《いせかい》もとんでもないところで、子どもとお年寄《としよ》りしかいなくて、

「竜《りゅう》のおきて」にしばられている。子どもたちが、男女ふたり一組になり、竜《りゅう》の館《やかた》にいかなければならないのだ。そこで竜《りゅう》と勝負をして、たおさないと「いけにえ」にされて命を落とすというのだからひどい。

いけにえとか、竜《りゅう》とたたかうとかいうと、昔話みたいに思えた。なんとか伝説とか、似《に》たようなものがあったような……。

でも、昔話とちがうのは、異世界《いせかい》にあらわれる子どもたちが、主人公の悟《さとる》の同級生たちだということ。悟《さとる》は顔を知っている。でも、むこうは悟《さとる》のことをまったく知らない。

おれは、ドラマとかアニメとかを見て、ラストをあてるのがうまいほうだ。こいつとこいつが仲直りするとか、こいつが裏切《うらぎ》るとか、こいつは改心して味方になるとか勘《かん》がはたらく。

でも、この『二分間の冒険《ぼうけん》』は、半分ほど読んでも、ラストがまったく思いつかない。

先がわからないので、もやもやする。

主人公の悟《さとる》は、竜《りゅう》こそが『ダレカ』だと思いこんで旅をする。でも、途中《とちゅう》からおれは、そうではないような気がしていた。

じゃあ、『ダレカ』はどこにいる?

それがいくら考えてもわからない。

読んでいる間、かあさんの手紙のこともちらついた。かあさんは「自分自身で『ダレカ』をさがす冒険《ぼうけん》をしたい」と書いていた。かあさんがさがしたい『ダレカ』は、かあさんが小学生のとき、たしかだと信じて、どうしてもほしいものだったはず。

小学生時代のかあさんは、なにを考えていたんだ?

すごく先が気になるが、おれは『二分間の冒険《ぼうけん》』をいったん読むのをやめた。ふだん、本を読まないせいか、つかれてしまった。おばあちゃんにも、もう寝《ね》なさいといわれている。

明日は早く家にかえって、午後の野球の練習の準備《じゅんび》をしないといけない。いそがしい。

「本を読むって、時間がかかるな」

かあさんの手紙をしおりがわりにはさみ、本を閉《と》じた。

四

月曜日は、雨だった。

おれは『二分間の冒険《ぼうけん》』をもって学校にいった。自習になって、続きを読める時間があるかもしれないからだ。

社会の授業《じゅぎょう》のふとした合間、ストーリーのことを考えてしまった。

もし、おれが『二分間の冒険《ぼうけん》』の主人公みたいに、ふたり一組になって、竜《りゅう》の館《やかた》へいかなければならない立場だったら、だれと組みたいだろうかと。

そっと教室を見まわす。なぜか、堀越《ほりこし》あかねのところで、視線《しせん》が止まって、おれは苦笑した。堀越《ほりこし》なんかと組んだら、文句《もんく》ばかりいわれそうだ。

でも、しっかりものだから、たよりにはなるだろう。キャーとか、イヤッとかこわがってばかりいる子だったら、冒険《ぼうけん》はできない。

するといる、視線《しせん》に気づいた堀越《ほりこし》が、おれのほうを見返した。そして、「べー」と舌《した》をだす。

おれも「イーッ」と口を横にひっぱった。

「おい。長尾《ながお》、なにをしている」

先生の声がとんできた。おれだけ、見つかってしまった。しかたなく、すいませんと頭をさげる。堀越《ほりこし》のほうをうかがうと、口をおさえて、わらいをこらえていた。

「ちぇっ」

そもそも『二分間の冒険《ぼうけん》』のことなんか、考えたせいでこうなったんだ。

日曜日は野球でつかれて、続きが読めなかったのがいけない。早く読んでしまわなきゃ。本のストーリーが気になって落ちつかない。

雨で外遊びできない休み時間、おれは『二分間の冒険《ぼうけん》』をひらいた。

すると、堀越《ほりこし》がそばに来た。

「息吹《いぶき》、さっき、なんでこっち、見てたのよ」

「べつに。おもしろい顔だなって」

「もう、ひどい。あ、本、読んでるじゃない。紹介《しょうかい》する本、決まったんだ?」

「うん。まあな」

おれは、おもむろに表紙を見せた。

「うわっ、『二分間の冒険《ぼうけん》』じゃない。わたしも大好き!　この『ダレカ』がね。あ、いっちゃだめか。まだ、読んでる途中《とちゅう》だよね」

「えっ」

おれはなぜかどぎまぎして、何度かまばたきする。

「この本、知ってるの?」

「知ってるわよ。ママにすすめられて読んだの。息吹《いぶき》も、そう?」

「まあ、そんな感じ」

「ふーん。こういうのが好きなんだ。息吹《いぶき》。あんがいセンスあるじゃない」

そこで思わせぶりに、ふふふとわらう。

「なんだよ。わらうなよ。読むんだからあっちいけ」

手を横にふって、おいはらうしぐさをした。本を夢中《むちゅう》で読んでいるところを見られるのは、ちょっとはずかしい。

「わかった。じゃ、最後まで読みおわったら、感想、聞かせてね。ぜったいよ」

堀越《ほりこし》は、やけにきげんよく、自分の席にもどっていく。

「お、おう」

おれは、答えながら何度か首をひねった。

同じ本が好きだとわかったら、堀越《ほりこし》の態度《たいど》が、がらりと変わった。急に親しげな、やさしい口調になったんだ。同じ本が好きってことで、おれに対する評価《ひょうか》が急にあがったみたい。

ま、おれだってまんざらじゃない。

同じ本が好きとわかって、さっきまで遠かった堀越《ほりこし》が近くなったように感じている。ひみつをわけあったような、そんな気持ちになっている。

だからなのか。

図書委員の本好きなやつらは、「ぼくも読んだ」「わたしも好き」と本の感想をよくいいあっている。楽しげに話している。

よくもまあ、話が続くもんだと、おれはひややかにながめていた。

でも、そのわけがわかった。

好きな本が同じだと、それだけで心と心が近づいた気になれるんだ。友だちになれた気になるんだ。

「よーし」

おれは本をひらき、ページに目を落とした。早く読みおわって、堀越《ほりこし》の感想を聞きたい。そんな思いで、気持ちばかりがあせって、自分の読む速度の遅《おそ》さがもどかしかった。

五

急いだけど、けっきょく学校だけでは読みきれず、夕食後、ダイニングのテーブルで続きを読むことになった。

リビングでは妹の菜実《なみ》がテレビのバラエティ番組を見て、わらいころげていたが、それも気にならないくらい、本に集中した。

『ダレカ』の正体はだれなのか。

作者はかんたんに教えてくれない。ほのめかしながらストーリーはすすむ。主人公の悟《さとる》といっしょになって考え、悩《なや》む。いつしか、おれまで、このへんてこな世界を冒険《ぼうけん》している感じになる。

最初から異世界《いせかい》が舞台《ぶたい》の作品なら、これほど考えなかっただろう。どうせ、つくりものの世界だからと。

ただ、この本は、ふつうの小学校のよくあるような場面からはじまっている。おまけに、悟《さとる》もごくふつうの小学生だ。とくに勇敢《ゆうかん》なわけでも頭脳明晰《ずのうめいせき》でもない。だから、「もし、おれなら」って、いっしょになって考えストーリーにのめりこむ。

「ふう、読みおえた」

本を閉《と》じて、のびをしていたら、かあさんがよってきた。

「熱心だったけど、なに読んでいたの？」

「これ、かあさんの本だよ」

表紙を見せる。

「うわ、なつかしい」

かあさんが目を見はった。

「ちなみに、こんな手紙も入ってた。おれ、しおりがわりにつかったけど」

「えっ」

かあさんは、あわてて手紙をとり、ひらくと、ほほをそめた。

「やだ。こんなの、残っていたの？　おばあちゃんったら、すててくれればいいのに」

「なんでこんな手紙を書いたんだよ。かあさんがさがしたい『ダレカ』ってなに？」

「もう、はずかしい。わすれちゃったわよ。こんな昔のこと。かあさんが息吹《いぶき》くらいのころのことだもの」

かあさんは手でほほをこすりながら、やたらあわてている。

「じゃ、別の質問《しつもん》。ばあちゃんにゆるしてほしかった、『あのこと』ってなんだよ」

手紙の文字をさしながら、たずねた。

「それも、わすれちゃった」

かあさんは、とぼける。

「じゃ、おれから、ばあちゃんに聞くぞ。最後まで読んだら、教えてくれるっていってたから」

すると、妹の菜実《なみ》も「なになに？」ってやってきた。手紙のことを話すと、「聞きたい、聞きたい」とさわぎだす。

かあさんは、しばらくためらっていたけど、最後はおれと妹の両方の「聞きたい」に根負《こんま》けした。

「あのね。小学五年生のころ、おかあさん、『赤毛のアン』のミュージカルのオーディションをうけたいっていったの。そのころ、女優《じょゆう》さんになって舞台《ぶたい》に立ちたかったのよ」

「うそー」

「マジ」

おれと菜実《なみ》の声がかさなって、家の中にひびきわたった。聞いたこと、なかったからだ。

「ほら、そういっておどろくから、いいたくなかったの。おばあちゃんは、今はあんたたちにやさしいけど、昔はそりゃ、きびしかったのよ。女優《じょゆう》とか、ぜったいに反対だったの。なんとか説得したくて、あれこれ考えていたとき、この本に出会ったんだわね。たぶん」

かあさんは、おれから『二分間の冒険《ぼうけん》』をうけとって、パラパラと飛ばし読みしだした。ときおり、「そうだわ」とか、うなずいている。

「思いだした。ほら、この本って、主人公が自分自身で『ダレカ』をさがす話じゃない。その黒ネコは、この世界でいちばんたしかなものが『ダレカ』だっていったんでしょ？　わたしも自分の世界でいちばんたしかなものをさがしたくなったのよ」

「そのたしかなものが、かあさんにとって女優《じょゆう》になることだったたってこと？」

「まあね。そのときは、そう思ってたの。女優《じょゆう》をめざすことが、かあさんの冒険《ぼうけん》で、そこにたしかなものがきっとあるって。やる前から反対されたから、意地にもなっていたのね」

かあさんは肩《かた》をすくめる。

「もうひとつ、この冒険《ぼうけん》って、まったく大人のてつだいをうけないで、子どもだけであれこれ考えて『ダレカ』にたどりついたでしょ。そういうところが好きだったのかな。読みおえて、元気がもらえたんだと思うわ。かあさん、えいきょうをうけて、『わたしもやるぞ』って思ったんじゃないのかな」

それはちょっとわかると思った。この本を読んで、おれも、おれだけの冒険《ぼうけん》に出たくなった。もちろん、そんなことはできっこない。でも、主人公みたいに、自分でなにかをつかんでみたくなったんだ。

「おばあちゃんはなんていったの？」

菜実《なみ》が身をのりだす。

「たしか、この本を読んだあと、しばらく考えていたわ。いろんな人にも相談したみたい。でも、最後には、『そこまでいうなら、好きなようにしなさい』って、いってくれたのよ。ただし、勉強はちゃんとやることって」

「で、うけたの？　オーディション」

「そう。でも、だめだったの。バレエも歌も演技《えんぎ》も習ったことなかったから、しかたないわね」

まわりの子は、小さいころからレッスンをうけて、うまかったのだと肩《かた》をすくめる。

「それで女優《じょゆう》、あきらめたの？」

「すぐにはあきらめられなかったわよ。中学校で演劇部《えんげきぶ》に入って、高校で地域《ちいき》の劇《げき》団《だん》に入って、大学までやったの。楽しかったわ。でも、仕事にまでするのは、ちがうなって思ったの。今はやめているけど、時間ができたらまたやりたい」

「へえー、なんか、かあさんがかあさんじゃないみたい」

かあさんをまじまじと見てしまった。

「なんでよ。これがかあさんよ。おばあちゃんとけんかして、反抗《はんこう》したり、泣いたりしたときがあったの。夢《ゆめ》みる乙女《おとめ》だったのよ」

かあさんは、手紙の文字を一字一字、指でたどっている。

おれは、かあさんの小学生時代を思いうかべようとした。

けど、「宿題をやりなさい」とか、「野菜を残さないで」とかいう、かあさんを毎日見ているせいか、うまく思いえがけない。

だけど、たしかにいるんだ。かあさんの中に、女優《じょゆう》になりたくて、ばあちゃんにゆるしてもらえなくて、なやんでいた女の子が。『二分間の冒険《ぼうけん》』を読んで感激《かんげき》して、手紙を書いた女の子が。

なんかふしぎな感じがする。きっと、ただ、女優《じょゆう》になりたいっていっても、ばあちゃんはゆるしてくれないと思って、『二分間の冒険《ぼうけん》』をわたしたんだ。そのストーリーが、ばあちゃんを動かした。ただ、やらせてという以上のなにかを伝えた。

そう思うと、本ってすげぇ。

「かして。菜実《なみ》もその本、読む」

「だめ。この本で紹介文《しょうかいぶん》、書くんだから。それが終わるまでだめ」

おれは、菜実《なみ》より早く、本をつかみとった。かあさんは腰《こし》をふってスカートをゆらすと、ぼくにむかってうたいだした。

「さぁ、息子よ！　紹介文《しょうかいぶん》に、思いのすべてをはきだしなさい。てれないで、思いっきり〜〜」

両手までひろげて、ミュージカルのまねごとだ。そんなかあさんに、菜実《なみ》は「わーい」と手をたたく。

「なんだよ、へんなの」

いわれなくても、ちゃんとやるつもりだった。やろうとすることを、先にいわないでほしいよ、マジで。

六

数日後、おれは、迷《まよ》いながら書きあげた紹介文《しょうかいぶん》をもって、図書室にいった。堀越《ほりこし》はもう来ていた。

「書いたぞ」

堀越《ほりこし》の前にバンッと置く。

「おお、やったね」

おれの紹介文《しょうかいぶん》を手にとった堀越《ほりこし》は、ぷっとふきだした。

「なんか、息吹《いぶき》らしい」

「なになに?」

「見せて」

ほかの委員もよってきて、紹介文《しょうかいぶん》を見た。


すげえ、おもしろいからとにかく読め。

そして、主人公といっしょに『ダレカ』をさがしあてよう。

それだけをでかい文字で書いて、下に竜《りゅう》の絵を書いた。それだけ。

「最初は細かく説明するように書こうとしたんだ。そしたら、むずかしくてわかんなくなってさ。だから、こうした。ダメか？」

「ううん。ダメじゃない。とてもいい」

堀越《ほりこし》がキラキラした目で、大きくうなずいてくれた。

「マジ？　いいの、これで。やったぜ」

おれは顔がほころんだ。胸《むね》の奥《おく》から達成感がこみあげてきた。おれでもできたと、体がほかほかしてくる。

委員長もそばに来た。おれはどきっとして、体をかたくする。おれのこと、「本が好きじゃないのに、図書委員になって」と文句《もんく》いっていた人だからだ。

「いいわね。長尾《ながお》くん、短い言葉だけど、長尾《ながお》くんが夢中《むちゅう》になった感じが伝わってくる」

やりーっと、むくむくとうれしくなる。でも、あまりうれしがってみせるのもくやしいから、頭をかいていった。

「まあね。にがてなことにも、挑戦《ちょうせん》しなくちゃ、だからね」

これには堀越《ほりこし》がにやっとした。

「紹介文《しょうかいぶん》、これでそろったわ」

図書館のつくえにずらっと、色画用紙がならんだ。赤、青、みどりと色もそれぞれだが、本の種類もたくさんある。

堀越《ほりこし》が紹介文《しょうかいぶん》を書いたのは、『ぼくらの七日間戦争』という本だった。あれって思った。おばあちゃんの本棚《ほんだな》にあったやつだ。

『解放区《かいほうく》にたてこもり大人をとっちめる』と、だいたんなことが書いてある。

解放区《かいほうく》ってなに？　と興味《きょうみ》がわいた。おもしろそうだ。

自分がまた本を読もうとしていることに、おどろき、少しだけとまどった。こんなふうになるなんて、思ってもいなかったからだ。

なんか、本って伝言ゲームしているみたいだ。ほら、おぼえた言葉を伝えていくあのゲーム。最後になったら、言葉がまったく変わっちゃうこともある、あれ。

初め、かあさんがばあちゃんに『二分間の冒険《ぼうけん》』っていう伝言をわたした。それからずいぶん時間がたったけど、その伝言はおれにまわってきた。

その伝言で堀越《ほりこし》とつながり、紹介文《しょうかいぶん》で別のだれかによびかけている。

本を読んで思うことは、それぞれちがっても、同じ本を読んだっていう連帯感《れんたいかん》は、きっとつながっていく。それってなんかいい。なんだかおもしろい。

「さーて、紹介文《しょうかいぶん》がそろいました。次はこれを掲示板《けいじばん》にはりだします」

委員長が前に出て、学年ごとの分担《ぶんたん》を発表した。五年は三階のおどりばにはるようにいわれた。

さっそく画びょうと紹介文《しょうかいぶん》をもって、おどり場にいく。堀越《ほりこし》やほかの図書委員とどういう配置ではるか、わいわいさわいでいたら、山根《やまね》が階段をのぼってきた。

「あ、山根《やまね》くん。ちょうどよかった。息吹《いぶき》も紹介文《しょうかいぶん》、書いたんだよ」

よせばいいのに、堀越《ほりこし》が声をかける。

「どれどれ」

山根《やまね》はメガネをおさえながら、おれの紹介文《しょうかいぶん》を見る。

「へえー。迫力《はくりょく》あるな。読みたくなるよ。これ、まんなかにはれば」

山根《やまね》の言葉で、おれの紹介文《しょうかいぶん》がまんなかになってしまった。それにあわせ、ほかの配置も決まる。

「本、読んだんだな。長尾《ながお》も」

山根《やまね》がおれを見る。

「あたりまえだ。にがてなことにも、挑戦《ちょうせん》だからな。山根《やまね》もこの本、読めよ」

てれくさくなったおれは、紹介文《しょうかいぶん》を指さして、ぶっきらぼうにいう。

「読むよ。長尾《ながお》が好きになるなんて、よっぽどおもしろいんだろうな」

そんな言葉を残して、山根《やまね》はさっさと階段《かいだん》をおりていく。

「ちぇっ、なんかえらそうなやつ」

おれは、いーっと山根《やまね》の背中《せなか》に顔をしかめた。

「なによ。けっこううれしそうだよ。顔がにやけてる」

堀越《ほりこし》がいい、ほかの図書委員もそうだそうだとわらった。

「もう、からかうなよ」

おれはみんなに背中《せなか》をむける。どういう顔をしたらいいか、わからないからだ。

「あれ？」

黒いものを見つけて、目を細めた。階段《かいだん》のいちばん上。

『ダレカ』みたいな黒ネコがいて、おれを見ている。

目をこすって、もう一度見たら、なにもいない。

「やだな、おれ」

『二分間の冒険《ぼうけん》』のえいきょうをうけて、まぼろしを見たのかも。もしかしたら、これは、おれも『ダレカ』をさがしたほうがいいってことじゃないか。

この世界で、いちばんたしかなものってやつをだ。

よし、おれも見つけてやるぞ。

だって、かあさんだって、そうしたんだから。

この物語に登場する本

『二分間の冒険』 岡田淳著 偕成社

『ぼくらの七日間戦争』（角川文庫） 宗田理著 ＫＡＤＯＫＡＷＡ

図《と》書《しょ》館《かん》と昆《こん》虫《ちゅう》の森《もり》

池《いけ》田《だ》ゆみる

一

今日は一学期最後の日。五年二組の教室は、朝からずっとそわそわしている。プールへ行く約束をしたり、旅行の行き先を自慢《じまん》しあったり。そしてだれもが、黒板の上にかかっている時計をチラチラ見ている。帰りの会には、みんなのテンションが最高になった。

先生は夏休み中の注意事項《ちゅういじこう》をいくつかあげると、次は自由研究について説明した。

「内容《ないよう》はなんでもいいですよ。工作でも、理科の実験でも、感想文でも、好きなものを選んでください」

二学期そうそう産休《さんきゅう》に入る先生は、丸いお腹《なか》をつき出して、いつもより大きな声でしゃべった。

わたしはすぐに、伝記を読んで感想文を書こうと思った。伝記を読むのは好きだし、作文もきらいじゃない。

涼太《りょうた》がおかしなことを言ったのは、さようならのあいさつのあとだった。

「決めた！　おれは図書館をつくる」

それは、クラスのみんなに宣言《せんげん》するかのように聞こえた。

「図書館？」

ぽかんとした顔で、みんなは涼太《りょうた》を見つめた。わたしにも意味がわからない。

「なに、ねぼけてんだよ。そんなものできるわけないじゃん」

だれかが声をあげる。

「まあまあ、楽しみにしててよ」

涼太《りょうた》は、それしか言わなかった。わたしは、にやにやしている涼太《りょうた》の顔を見た。

自分の家のひと部屋を、図書館にしてしまうのか。それとも、図書館の模型《もけい》でもつくるということなのか。

涼太《りょうた》とは家が近い。よちよち歩きのころからの知り合いだ。性格《せいかく》もよく知っている。ときどきおかしなことを言うけれど、根はまじめで、うそはつかない。だからよけい気になった。

「どう思う？」

帰り道。いつもいっしょに下校するユリに聞いてみた。すると反対に、ユリから聞きかえされた。

「満里奈《まりな》はどう思うの？」

「よくわからないよ。だって涼太《りょうた》って、ときどき変なこと言うから」と、わたし。

そう、涼太《りょうた》はすごく物知りだ。本をたくさん読んでいる。でも、とつぜんむずかしい話をはじめたり、おかしな行動をとったりする。この前は、バス停のベンチで足を組んで新聞を読んでいた。

「そのうちハッキリするんじゃない。だから、あんな変人ほっときな」

涼太《りょうた》はかげで〝変人〟とよばれている。ユリは、そんな涼太《りょうた》のことなんか気にするなと言う。だからわたしも、涼太《りょうた》のことは、もう気にしないことにした。

「お姉ちゃーん！」

背後《はいご》から弟の声がした。ふりかえると、ランドセルをゆらしながら弟の未月《みつき》が走ってくる。

「ほら、あぶないってば。ころぶよ」

声をかけても未月《みつき》はとまらず、息をはずませやってくる。

「お姉ちゃん、家に、帰ったら、いっしょに行ってね。〝少年の森〟に」

未月《みつき》は、水族館のポスターにのっている、コツメカワウソのような、くりんとした目で、わたしを見あげた。わたしはこの目に弱い。

「また虫とり?」

「そう! 準備《じゅんび》するから、先に帰るね」

未月《みつき》はわきをすりぬけて、パタパタとかけていく。手が泥《どろ》だらけだった。両ひざにも土がついていた。たぶん校庭のすみに立っている木の、根もとの土でもほじくりかえしたのだろう。ゆうべ、図鑑《ずかん》でセミの幼虫《ようちゅう》のページを見ていたから。

「一年生よね。かわいいねえ」

ひとりっ子のユリが目をほそめる。

「なら、あの子をユリにあげる」とわたしが言うと、

「いらない」とユリは即答《そくとう》した。

二

気分はどんより重かった。わたしは虫が苦手だ。足がたくさんあったり、ふれたらかゆくなりそうな毛が生えていたりして。うっかりふんづければ、やわらかい体はぐしゃっとつぶれて中味がとびだす。とくにセミはきらいだ。体に似《に》あわないくらい、大きな鳴き声。ひっくり返したときの、ガジガジしたおなか。見ただけで、鳥肌《とりはだ》がたつ。

今日はとても暑い。蚊《か》だってたくさんいるだろう。スズメバチなんかもいるかもしれない。だから、ぜったい森に行くのをあきらめさせよう。わたしは、そう心に決めた。

家に帰ると、わたしは必死になって説得した。でも未月《みつき》は、まったく聞く耳をもたなかった。

今朝、出かける前のお母さんから、未月《みつき》のめんどうを見るようにたのまれた。おばあちゃんが入院していて、お母さんは大変なのだ。おばあちゃんは、お父さんのお母さんで、入院生活はもう半年になる。最近は容態《ようだい》がよくなくて、このところお母さんは、ちょくちょく病院に行っている。週に三日、パートで事務《じむ》の仕事をしているお母さんが、今日は早めにあがって病院によると言っていた。だからお母さんが帰るまで、未月《みつき》のそばにいなくてはならない。

しかたなく、わたしはのろのろ準備《じゅんび》をして、靴《くつ》をはいた。

「お姉ちゃん、先に行くよ！」

未月《みつき》は虫かごを首からさげ、捕虫網《ほちゅうあみ》を手にして、玄関《げんかん》をとびだしていった。

「待って！　かけたらあぶないって！」

わたしは、あわててあとを追った。

道に出ると、未月《みつき》はもう三十メートルくらい先に行っていた。

車にひかれたらどうするの。

思ったとたんに、未月《みつき》の姿《すがた》が見えなくなった。ちょうど涼太《りょうた》の家の前あたりだ。

大急ぎでかけつけると、未月《みつき》は涼太《りょうた》の家の庭に入りこんでいた。未月《みつき》の背中《せなか》のむこうで、涼太《りょうた》が作業をしている。足もとにはたくさんの板がちらばっている。のこぎりを手に持った涼太《りょうた》が、未月《みつき》に話しかけていた。

「虫つかまえに行くのか？」

「うん、たくさんつかまえるんだ」

「あのさ、虫はつかまえて観察したら、にがしてやりなよ」

「えー」

未月《みつき》は不満げな声をあげた。

涼太《りょうた》は、体を横にずらしてわたしを見た。

「今、スマホ持ってる？」

「あるけど」

「じゃあ、つかまえたら、画像《がぞう》にとってあげるといいよ」

虫の写真をとるの？

わたしは思わず顔をしかめた。でも、すぐに思い直した。

よく考えたら、涼太《りょうた》はいいことを言ってくれた。たとえ虫をつかまえても、にがしてくれるならありがたい。虫かごいっぱいの虫を持ち帰るなんて、想像《そうぞう》しただけでもふるえてくる。

「にがしてあげなよ。虫だって生きてるんだからさ」と涼太《りょうた》。

「わかった。にがす」

未月《みつき》は、すなおにうなずいた。わたしの言うことは聞かないくせに、涼太《りょうた》の言うことは聞くようだ。

わたしは未月《みつき》をにらんだ。すると未月《みつき》は、くるっとむきを変え、いきなりかけだした。

「ちょっと待って！」

あーあ、この暑い中、また追いかけっこだ。

住宅地《じゅうたくち》をすぎ、県道に出た。道の両側には畑が広がっている。さすがにくたびれたのか、未月《みつき》はようやく走るのをやめた。ところがこんどは、歩きながら頭の上で捕虫網《ほちゅうあみ》を大きく左右にふりはじめた。

あぶない！

網《あみ》の先が車にぶつかりそうになって、ひやっとした。

やだもう、めんどう見きれない。ほんとうに勘弁《かんべん》してほしい。

県道から畑のあいだの小道に入って、〝少年の森〟の入り口にむかった。畑が終わった先には、濃《こ》い緑色の森がひろがっている。そこからセミの鳴き声が、わきあがるように聞こえてくる。

できることなら、真夏の森には足をふみいれたくない。耳をふさいで、引きかえしてしまいたかった。でも、未月《みつき》をひとりで行かせるわけにはいかない。

森に入ると、空気が少しだけひんやりしていた。

「未月《みつき》、少しのあいだ、息をとめてな」

背《せ》おっていたリュックから虫よけスプレーをとりだして、急いで未月《みつき》の腕《うで》や足に吹《ふ》きつけた。それから自分の手足にも念入りにスプレーした。

しばらく歩くと、木のまばらな陽だまりに、シオカラトンボが飛んでいた。トンボだったら、セミよりはまだマシだ。でも未月《みつき》は、そのままずんずん歩いていく。

トンボには興味《きょうみ》がないらしい。

足もとの草むらにも、なにか動くものがいた。バッタだ。わたしはバッタも苦手だ。体のかたちと、足がもげやすいところが、なんとも気持ち悪い。わたしは、急いでその場をはなれた。

ひらけた場所に出ると、まん中に大きな池があった。陽が照りつけて暑い。池のふちを早足でまわりこみ、またうす暗い木立の中に入った。ほっと息をつくと、丸太のベンチがあるのに気がついた。

「ひと休みするね。わたしが見えないところには、ぜったいに行っちゃだめだよ」

せわしげに、あたりを見まわす未月《みつき》に声をかけると、わたしはベンチにすわって、リュックから冷たい麦茶を出して飲んだ。ふと、足もとの地面でなにかが動いた。アリの行列だ。そのうちの数匹《すうひき》が、羽のある死んだ虫をかついで運んでいく。きっとエサにでもするのだろう。

思わず足を引っこめたとき、腰《こし》かけているベンチにも、なにかがいるのに気がついた。こんどはクモだ。小さなクモが、ピョンピョンとんでいる。

おどろいて立ちあがったひょうしに、水筒《すいとう》のフタについだ麦茶がこぼれて、手がぬれた。そこへ未月《みつき》が、かけてきた。

「はやく写真とってえ！」

未月《みつき》が足ぶみをする。捕虫網《ほちゅうあみ》の中でセミがジージー鳴いている。

「ちょ、ちょっと待って」

あわてて麦茶を飲んで、フタを閉《し》めようとしたが、うまく閉《し》まらない。

「早く！　早く！」

未月《みつき》がせかす。

「待って、って言ってるでしょ！」

思わず、どなり声をあげてしまった。

やっとのことでフタを閉《し》めて、スマホをとりだすと、ふるえる指でシャッターマークをタップした。未月《みつき》は、ひとさし指と親指で、セミをつまんでいる。まったく平気なようだ。

カシャ。画面いっぱいに茶色いアブラゼミ。なんとか画像《がぞう》にとって、ほっとしたのもつかのま、こんどは未月《みつき》が、くるっと手を返した。気味の悪いセミのおなかが、目の前にあらわれた。

「ぎゃっ!」

わたしは思わずとびあがった。

「おなかのほうも写してよ」

「わ、わかった」

こうなったらもう、やけくそだ。暑いうえに冷《ひ》や汗《あせ》までかいて、わたしは汗《あせ》まみれになった。

「バイバイ、元気でな」

写真をとりおわると、涼太《りょうた》に言われたとおり、未月《みつき》は、勢《いきお》いをつけてアブラゼミを放り投げた。ところがセミは、ろくに羽ばたきもせず、目の前にいたわたしのTシャツの胸《むね》にとまった。

「いやー!」

わたしは、夢中《むちゅう》でセミをはらった。セミはジッと短く鳴いて、大急ぎで飛んでいった。そのあとも未月《みつき》は、ミンミンゼミやニイニイゼミなど、別の種類のセミをつかまえては、わたしに画像《がぞう》をとらせた。

それから、しばらく森の中を歩きまわった。すると、ひときわ大きな鳴き声のセミに出くわした。

「シューシューシュー」と、うるさい声は聞こえるが、姿《すがた》は見えない。

「あの鳴き声は、クマゼミだよ。でも、高いところにいるからとれないんだ。おっきくて、かっこいいんだけどなあ」

未月《みつき》は、うらめしそうに木を見あげている。

わたしは、心の底からほっとした。あんな大音量で、しかも名前にクマがついている大きなセミだなんて、考えただけでぞっとする。

歩いていると、目の前を、小さなハチのようなものが、かすかな音をたてて、飛んでいった。そういえば、さっきの池には、春にはメダカがいた。水ぎわで、ぼんやり立っているアオサギを見たこともある。小さいときにはよく、ここでおばあちゃんに、生き物の名前を教えてもらった。オタマジャクシもたくさんいたっけ。

この森には、ずいぶんいろいろな生き物がいる。そのことに、わたしはあらためて気がついた。今までだって、いろいろ目にしていたはずなのに、きちんと見えていなかったようだ。

三

お母さんは、夕方になって病院からもどってきた。つかれた顔をしていて、元気もない。

「おばあちゃんの具合、よくないの？」

「そうなの。でもおばあちゃん、家に帰りたい帰りたい、って言うのよ」

夕飯のとき、お母さんは、わたしと未月《みつき》に、病院でのようすを話してくれた。お父さんは残業で、まだ会社からもどっていない。

「おばあちゃん、退院《たいいん》するの？」

「そうじゃないけど、もしかしたら、三日ほど家に帰れるかもしれないの。あとでお父さんと相談するんだけどね」

末月《みつき》の顔が、ぱっと明るくなった。

でも、お母さんの話では、たとえ帰ることができても、容態《ようだい》が悪くなったら、すぐに病院にもどらなければならないそうだ。

そして金曜日。おばあちゃんは、病院の車に乗って、ほんとうに帰ってきた。

「やっぱり家はいいねえ」

玄関《げんかん》に入ると、おばあちゃんは、かぼそい声でつぶやいた。おばあちゃんはやせて、この前見たときより、二回《ふたまわ》りくらい小さくなっていた。そして、大急ぎで手配して一階の和室に置いた、レンタルの介護用《かいごよう》ベッドに横になった。

「おばあちゃん、なにか食べたいものある？」

お母さんが聞いても、わたしが聞いても、おばあちゃんは「なんでもいいよ」と言うばかりだ。ところが、なにを出しても、ほんの一口《ひとくち》か二口《ふたくち》くらいしか食べてくれない。

次の日の午前中。おばあちゃんにと、涼太《りょうた》が大きなマスクメロンを持ってきてくれた。いいかおりがする。きっと食べごろだ。

「まあ、ありがとう。美佐子《みさこ》さんによろしく伝えてね」

お母さんは、メロンを受けとりながら、涼太《りょうた》になんども頭をさげた。美佐子《みさこ》さんというのは、涼太《りょうた》のお母さんの名前だ。

「あのさ、ちょっと聞いていい？　図書館はどうなった？」

帰りかけた涼太《りょうた》をつかまえて、わたしは、うっかりたずねてしまった。

涼太《りょうた》は、少しふきげんな声で答えた。

「まだできない。扉《とびら》にてこずってるんだ」

扉《とびら》？

「あ、そうだ。未月《みつき》に伝えといてよ。できあがったら、〝少年の森〟につきあってあげるって」

それって、わたしのかわりに行ってくれるってこと？

わたしは身をのりだした。

「あと、どのくらいで、できるの？」

「うーん、まだ十日以上かかるかな」

それでは、お盆《ぼん》のころになってしまう。どんなものかは知らないけれど、なるべく早くできればいい。

涼太《りょうた》の持ってきたメロンは、冷蔵庫《れいぞうこ》で少し冷やしてから、お母さんが切りわけた。おばあちゃんは、上のほうの、とろりとしていちばん甘《あま》いところを、スプーンでひとさじすくった。

「おいしいねえ」

でも、もうたくさんと言って、すぐに横になってしまった。

午後、お母さんと未月《みつき》が夕飯の買い物に出かけているあいだ、わたしはクーラーのきいたおばあちゃんの部屋にいた。なにをするでもなく、なんとなく畳《たたみ》にすわっていた。

「満里奈《まりな》、悪いけど、庭を見せてくれないかな」

「うん、いいよ」

わたしは立ちあがって、廊下《ろうか》と部屋を仕切っている障子《しょうじ》を開けた。

おばあちゃんは、ゆっくりと体を横に動かした。

「ああ、今年も咲いたんだね。ユリもミソハギも」

せまい庭には、ひょろひょろした柿《かき》の木が生えている。ツツジやカエデの木もあって、根もとには、白いユリと桃色《ももいろ》のミソハギがゆれている。

少しすると、汗《あせ》ばんできた。

「おばあちゃん、部屋が暑くなるから、もう閉《し》めるよ」

おばあちゃんは、小さくうなずいた。わたしは、おばあちゃんの体が心配だった。

「満里奈《まりな》にまで、バトンがわたったんだねえ」

とつぜん、おばあちゃんが、かすれた声でつぶやいた。

「なに？　なんのこと？」

聞いても、返事は返ってこない。おばあちゃんは目をつぶって、そのまま動かなくなった。胸《むね》のあたりを見ると、息をするたび、かすかに上下している。

わたしは、ほっとした。

次の日。お父さんは会社を休んで、ずっとおばあちゃんのベッドの横にいた。おばあちゃんは、ときどき目を開けたけど、ほとんど口をきかなかった。

お父さんは、「しー、静かにしなさい」と、さわがしい未月《みつき》のことを、なんども注意した。

お父さんって、おばあちゃんの子どもなんだ。

わたしは、ふとそう思った。知っていたはずなのに、大発見したみたいな気分になった。

夕方、むかえにきた車で、おばあちゃんは病院にもどっていった。それから一週間もたたないうちに、おばあちゃんは息を引きとってしまった。

おばあちゃんは、ほんとうに家が好きだった。旅行にはよく出かけたけれど、帰ってくると必ず、お茶を飲みながら「あー、家がいちばん」と言った。だから、お葬《そう》式《しき》は、家ですることになった。

花が好きだったおばあちゃんのために、白だけでなく、黄色や紫《むらさき》など、きれいな色の花で、棺《ひつぎ》のまわりをかざった。お葬式《そうしき》には、俳句《はいく》サークルの仲間や、歴史散策《れきしさんさく》の会のメンバーなど、たくさんの人がきてくれた。その人たちは、みんなといるときのおばちゃんのようすを、いろいろ聞かせてくれた。知らないことばかりだった。

手を合わせ、お焼香《しょうこう》をする人たちを見ているうちに、おばあちゃんからもっと話を聞いておけばよかったと思った。最後に、三日間だけ家にもどったときには、ほとんどそんな会話はできなかった。

ただ、ずっと前に、おばあちゃんが小さかったころのことを、聞いたことがあった。

「好きだったもの？　そうねえ。緑色の缶《かん》のみつ豆と、月光仮面《げっこうかめん》のおじさんと、それから、きいちのぬり絵かな」

わたしの知らないものばかりだった。そこでおばあちゃんは、ひとつ、ひとつ、ていねいに説明してくれた。笑顔で、楽しそうに話してくれたのを、今でもはっきり覚えている。

四

涼太《りょうた》の家の前を通るときは、いつも中をのぞくようにしていた。でも、庭も家も、変わったようすはなかった。

涼太《りょうた》の図書館って、どんなものなのだろう。今日は八月十日だ。いったい、いつできあがるのだろう。

「ねえ、涼太《りょうた》の図書館、どうなったのかな?」

学校のプール開放日の帰り。ユリが、思いだしたように言った。気にするなと言ったくせに、ユリもほんとうは気になっていたらしい。

「まだみたいよ」

「ふーん」

ちょうど、分かれ道にさしかかり、涼太《りょうた》の話はそれで終わった。わたしたちは、手をふって別れた。

お線香《せんこう》のかおりがする家にもどると、お母さんがお昼ごはんのしたくをしていた。わたしは冷たい麦茶を飲んで、ソファーにころがった。まだ水の中にいるように、体が、ゆらゆらする。まぶたが重くなって、うとうとしかけたそのとき、未月《みつき》が家にかけこんできた。

「お姉ちゃん、図書館できたって！」

いろいろ理由をつけて、わたしは、虫とりにつきあわされないようにしていた。そこで未月《みつき》は、涼太《りょうた》の家に入りびたるようになった。少しでも早く、いっしょに少年の森に行ってもらいたくて、涼太《りょうた》の作業の進みぐあいを見ているらしかった。その未月《みつき》が、知らせにきた。

わたしはとびおきると、急いで涼太《りょうた》の家にむかった。ほんとうは走って行きたかったが、わざとゆっくり歩いた。

「おー、利用者、第一号！」

涼太《りょうた》は腕《うで》を組んで、門のところに立っていた。わたしの足がぴたりととまった。入ってすぐのところに、四本脚《よんほんあし》の、タンスのような茶色い本箱が置かれていた。両開きの扉《とびら》には、花や葉を組み合わせた模様《もよう》が描《えが》かれていて、きれいにニスがぬられている。中は三段《さんだん》に仕切られていて、本がぎっしりつまっていた。本箱の横には、木製《もくせい》のベンチもあった。

「どれくらいあるの？」

わたしは涼太《りょうた》に聞いた。

「百冊《ひゃくさつ》ちょっと！」

涼太《りょうた》はとくい顔だ。

「あのさ、これが図書館？」

「んー、ちょっとちがうかなと思ったから、〝ブックスタンド〟ってよぶことにした」

なるほど本箱の上のほうに、〝ブックスタンド〟というプレートがあって、本箱とベンチのあいだには、〝利用のしかた〟と書かれた札が立っている。そこには、

〝利用時間は、午前十時から午後五時まで。本は、自由に持ちかえることができます。かわりに、同じ冊数《さっすう》の本を寄付《きふ》してください〟

と書かれていた。

「中の本が、どんなふうに変わっていくか記録するのが、夏休みの自由研究なんだ」

やっぱり涼太《りょうた》は変わってる。変わっているけど、おもしろい。

「これぜんぶ自分の本？」

「ちがうよ」

「よくこんなに集められたね」

「親にたのんで、ＳＮＳで寄付《きふ》をよびかけてもらったら、あっというまに集まったよ」

なるほど、その手があったか。

感心していたら、クラスの男子がふたり、自転車でやってきた。

「ちっ、一番じゃなかった」

「早いな。さすがはご近所さん」

わたしを見るなり、ふたりは口ぐちに言った。なんと答えていいかわからないので、わたしはだまったまま笑顔をつくった。

「お、これか」

「へえ、どれどれ」

ふたりはすぐに、本を選びはじめた。

「かわりの本、持ってきた？」

涼太《りょうた》がふたりに聞いた。

「もちろん！」

ふたりは、それぞれ二冊《にさつ》ずつ本を持ってきていた。それを涼太《りょうた》にわたすと、ブックスタンドをながめまわし、手にとっては棚《たな》にもどすのをくりかえして、本を選んだ。

「またおいでよ。なん日《にち》かしたら、きっと中味が変わっているから。それから、みんなに宣伝《せんでん》してくれないか」

「了解《りょうかい》。まかしとけ！」

ふたりは、そろって帰っていった。

「ほら、もう四冊《よんさつ》変わっただろ？」

「なるほどね」

「ついでだから、どれか持っていけば？」

「じゃあ、伝記ってある？」

少し前から、自由研究のことが気になっていた。そろそろ本を決めないと、まにあわなくなる。

「ええと、今あるのは『モーツァルト』と『レイチェル・カーソン』の二冊《にさつ》だけど、おすすめはこれだな。こっちを読んでみたら？」

涼太《りょうた》が、すっと棚《たな》からぬいたのは、「レイチェル・カーソン」という人の伝記だった。

「この人、なにをしたの？」

「『沈黙《ちんもく》の春』って本を書いた人だよ。害虫なんかを殺すために、あんまりたくさんの農薬を使いすぎると、いい虫や、ほかの生き物まで殺してしまう。除草剤《じょそうざい》なんかもすごく環境《かんきょう》に悪い。このままでいけば、人間の体にも悪い影響《えいきょう》をおよぼすって、世の中にうったえた人なんだ」

涼太《りょうた》によると、『沈黙《ちんもく》の春』というタイトルは、殺虫剤《さっちゅうざい》や除草剤《じょそうざい》などの化学物質《かがくぶっしつ》のせいで生き物が死んでしまい、春になっても鳥のさえずりさえ聞こえなくなるととなったそうだ。
いう意味らしい。そしてこの本が、世界が環境問題《かんきょうもんだい》を考えるようになるきっかけ

「虫を殺す」という言葉が、わたしは気になった。

最近、お母さんが、なにかの話のついでに、「お盆《ぼん》がすぎるまで、虫を殺してはいけないんですって」と言った。

「なんで？」って聞くと、亡《な》くなった人の魂《たましい》が、お盆《ぼん》のときに虫になって帰ってくるからだと教えてくれた。それなら、おばあちゃんの魂《たましい》も帰ってくるんだと、わたしはそのとき思った。

手にした本の表紙には、ごつごつした木によりかかって、双眼鏡《そうがんきょう》を首からさげている女の人の写真があった。

「あなたは地球の環境《かんきょう》のことを考えていますか？」

そう問いかけるような表情《ひょうじょう》をしている。

「読んでみる」

わたしは、涼太《りょうた》に言った。

家に帰ると、さっそくブックスタンドのことを、ユリにラインで教えた。

すぐに、ユリから返信があった。

「やっぱり、涼太《りょうた》の考えることはおもしろいわ。そのうち行くから」

文章のあとには、にかっと笑った顔のスタンプがついていた。


お昼ごはんを食べたあと、すぐに本を読みはじめた。

レイチェル・カーソンは、アメリカのペンシルヴェニア州の自然豊《ゆた》かな土地で生まれ育ち、生き物と、読書の好きな少女だった。レイチェルが二十八歳《さい》のときに父親が亡《な》くなったため、家族の生活を支《ささ》えなくてはならず、かなり苦労したようだ。DDTという農薬などの化学物質《かがくぶっしつ》の汚染《おせん》で、自然界の生き物が危険《きけん》にさらされていることに気づき、五十一歳《さい》になって『沈黙の春』を書きはじめたが、そのとき、レイチェルはもう重い病気にかかっていた。本が出版《しゅっぱん》されてベストセラーになったが、その考え方に反対する人たちから、ひどく攻撃《こうげき》されたりもした。でも、レイチェルの本は政府《せいふ》を動かし、レイチェルが亡《な》くなったあとに環境保護局《かんきょうほごきょく》がつくられることなった。

伝記は、その日のうちに読み終えた。むずかしい言葉もたくさんあったけど、意味はだいたいわかった。時間はかかったけれど、先が気になって、とうとう最後まで読んでしまった。眠《ねむ》りについたのは、いつもより二時間もおそかった。

五

次の日。わたしは、十時になるのを待って家を出た。かわりの本を、涼太《りょうた》のブックスタンドに届《とど》けるためだ。

「持ってきたよー」

本箱の整理をしていた涼太《りょうた》に声をかけると、「ご協力ありがとうございまーす！」と手を合わされた。

感謝《かんしゃ》するのはこっちなのに。

「伝記、おもしろかったよ」と言うと、「えー、もう読んじゃったの？」とおどろかれた。

そして涼太《りょうた》が言った。

「人間は、楽をしよう、お金をもうけようとして、考えなしに自然界のバランスを破壊《はかい》しているんだよな」

また始まった、とわたしは思った。でもだまって聞いていた。

「あのさ、植物だって昆虫《こんちゅう》だって、動物だって、すべての生き物は約三十八億年前に地球にあらわれた、たった一つの細胞《さいぼう》がもとになっているらしいぜ」

「それって、すべての生き物の先祖《せんぞ》を、それぞれにたどっていくと、その一つに行きつくってこと？」

「そうだよ」

「すごーい！」

「今、おれたちが生きているのって、ほんとに奇跡《きせき》なんだぜ。だからこう言いたい」

涼太《りょうた》は、両手を広げて天をあおいだ。

「おれのご先祖《せんぞ》さま、感謝《かんしゃ》しています。よくぞオオカミに食われず、ほかの部族の弓矢にも当たらず、川でおぼれたりせず、飢《う》え死《じ》にもせず、戦争も生きのび、そしてみんなぶじに結婚相手《けっこんあいて》が見つかりました、って」

そうか。ずっとずっと命がとぎれなかったということか。

おばあちゃんの言ってたバトンって、このことかもしれない！

そこへ末月《みつき》がやってきた。末月《みつき》は捕虫網《ほちゅうあみ》を振《ふ》りながら、涼太《りょうた》にむかって甘《あま》えた声を出した。虫かごは持っていない。

「涼《りょう》にいちゃん、少年の森に行こうよ」

「えー、今日も？　きのう行ったじゃないか」

「あしたも行ってくれるって、約束したよ」

「そうだっけ。じゃあ、行くか」

え、行っちゃうの？

「ちょっと、ブックスタンド、このままでいいの？」

末月《みつき》に手を引っぱられながら、涼太《りょうた》がふりかえった。

「自由に交換《こうかん》してもらうのさ。五時に画像《がぞう》をとって、本の変化を見ればいいんだ」

「あんたって、ほんとうにおもしろいね！」

思わず声をかけると、涼太《りょうた》は片目《かため》をつぶって、親指を立てた。

ふたりが行ってしまうと、わたしは、かわりに寄付《きふ》する本を、棚《たな》のすきまに、ていねいに入れこんだ。

そして、帰ろうとしたとき、どこからともなくアゲハチョウがあらわれた。

アゲハチョウは少しのあいだ、わたしのまわりを飛びまわり、やがて風にのってどこかに消えていった。

この物語に登場する本

『レイチェル・カーソン――［沈黙の春］で地球の叫びを伝えた科学者』
ジンジャー・ワズワース著　上遠恵子訳　偕成社

戸森しるこ（ともり・しるこ）

埼玉県出身。『ぼくたちのリアル』で講談社児童文学新人賞を受賞しデビュー。同作で、児童文芸新人賞、産経児童出版文化賞フジテレビ賞を受賞。2017年度青少年読書感想文全国コンクール小学校高学年の部課題図書に選定された。『十一月のマーブル』、『理科準備室のヴィーナス』、『レインボールームのエマ』『ぼくの、ミギ』など。『ゆかいな床井くん』で野間児童文芸賞受賞。（すべて講談社）

おおぎやなぎちか

秋田県出身。主な作品に、第39回児童文芸新人賞『しゅるしゅるぱん』（福音館書店）、第45回児童文芸家協会協会賞『オオカミのお札』シリーズ（くもん出版）、『どこどこ山はどこにある』（フレーベル館）、『木があつまれば、なんになる？』（あかね書房）、『ぼくたちのだんご山会議』（汐文社）、絵本『くもにアイロン』（福音館書店『こどものども』）など。「季節風」同人。

赤羽じゅんこ（あかはね・じゅんこ）

東京都出身。『おとなりは魔女』（文研出版）でデビュー。『がむしゃら落語』（福音館書店）で、第61回産経児童出版文化賞ニッポン放送賞を受賞。『カレー男がやってきた！』（講談社）、「なみきビブリオバトル・ストーリー」シリーズ（さ・え・ら書房）、『落語ねこ』（文溪堂）、『バドミントン★デイズ』（偕成社）、『トゲトゲトカゲをつかまえろ！』（国土社）など多数。日本児童文学者協会理事。

池田ゆみる（いけだ・ゆみる）

神奈川県生まれ。デビュー作『坂の上の図書館』（さ・え・ら書房）が、埼玉県推薦図書、ならびに茨城県優良図書などに選ばれる。他の作品に『川のむこうの図書館』（さ・え・ら書房）など。JBBY 会員。日本児童文学者協会会員。児童文学同人誌「ももたろう」同人。

絵 吉田尚令（よしだ・ひさのり）

大阪府生まれ。絵本の作画を中心に活動 。『希望の牧場』（森絵都作、岩崎書店）で、IBBY オナーリスト賞を受賞。絵本作品に『悪い本』（宮部みゆき作、岩崎書店）『はるとあき』（斉藤倫・うきまる作、小学館）『星につたえて』『ふゆのはなさいた』（安東みきえ作、アリス館）、挿絵を手がけた作品に『雨ふる本屋』（日向理恵子作、童心社）など多数。

きみが、この本《ほん》、読《よ》んだなら
ざわめく教室《きょうしつ》 編《へん》

2020年3月　第１刷発行　　2023年7月　第３刷発行

作　者　戸森しるこ　おおぎやなぎちか　赤羽じゅんこ　池田ゆみる
画　家　吉田尚令
発行者　佐藤洋司
発行所　さ・え・ら書房
〒162-0842 東京都新宿区市谷砂土原町３－１
TEL 03-3268-4261　FAX 03-3268-4262
https://www.saela.co.jp/
印刷所　光陽メディア
製本所　東京美術紙工
Printed in Japan

ISBN978-4-378-01555-2　NDC913